はぐれ馬借

武内　涼

集英社文庫

はぐれ馬借

武内　涼

集英社文庫

本書は、集英社文庫のために書き下ろされました。

はぐれ馬借

昔語りを、しようと思う。

馬がもっと人の近くにいて、そこここの往来から蹄《ひづめ》の音が聞こえてきた頃の話。

あのなつかしいような、馬糞《ばふん》の臭いを、誰もが知っていた頃の話だ。

この当時、戦《いくさ》をする男たちは馬にまたがっていた。街道で物をはこぶのも馬の役目だった。

農村《むら》にも馬が見られた。

近畿《きんき》、瀬戸内、山陰を除く諸国の農村で馬がはたらき、その馬たちは畑起しや収穫した米穀の運搬にいそしんでいた。すなわち、奥羽《おうう》、坂東《ばんどう》、中部地方、四国南部、鎮西《ちんぜい》(九州)の農村で馬が見られる。

では、近畿、瀬戸内、山陰の農村では何がはたらいていたかと言えば、牛である。

だが牛地帯にすむ百姓たちも武士が乗る馬や街道で米俵をはこぶ馬を当然目にしていた。

そんな頃——馬借《ばしゃく》、と呼ばれる業者がいた。

馬をあやつり、様々な物品を馬に乗せ、町から町へ、はたまた村から村へ、はこぶ者どもだ。

馬借は近江《おうみ》、大和《やまと》、山城《やましろ》、北陸や中部地方、さらに坂東にもいた。

諸国で馬借がはたらいていた。

もっとも知られた馬借は近江坂本《さかもと》（東坂本）、あるいは同じ江州《ごうしゅう》、大津《おおつ》の馬借だろう。

数千人の馬借がはたらくにぎにぎしき町である。

湖に面した、活気ある湊《みなと》である。

そんな湊町でそだった、ある馬借の話を、しようと思う。

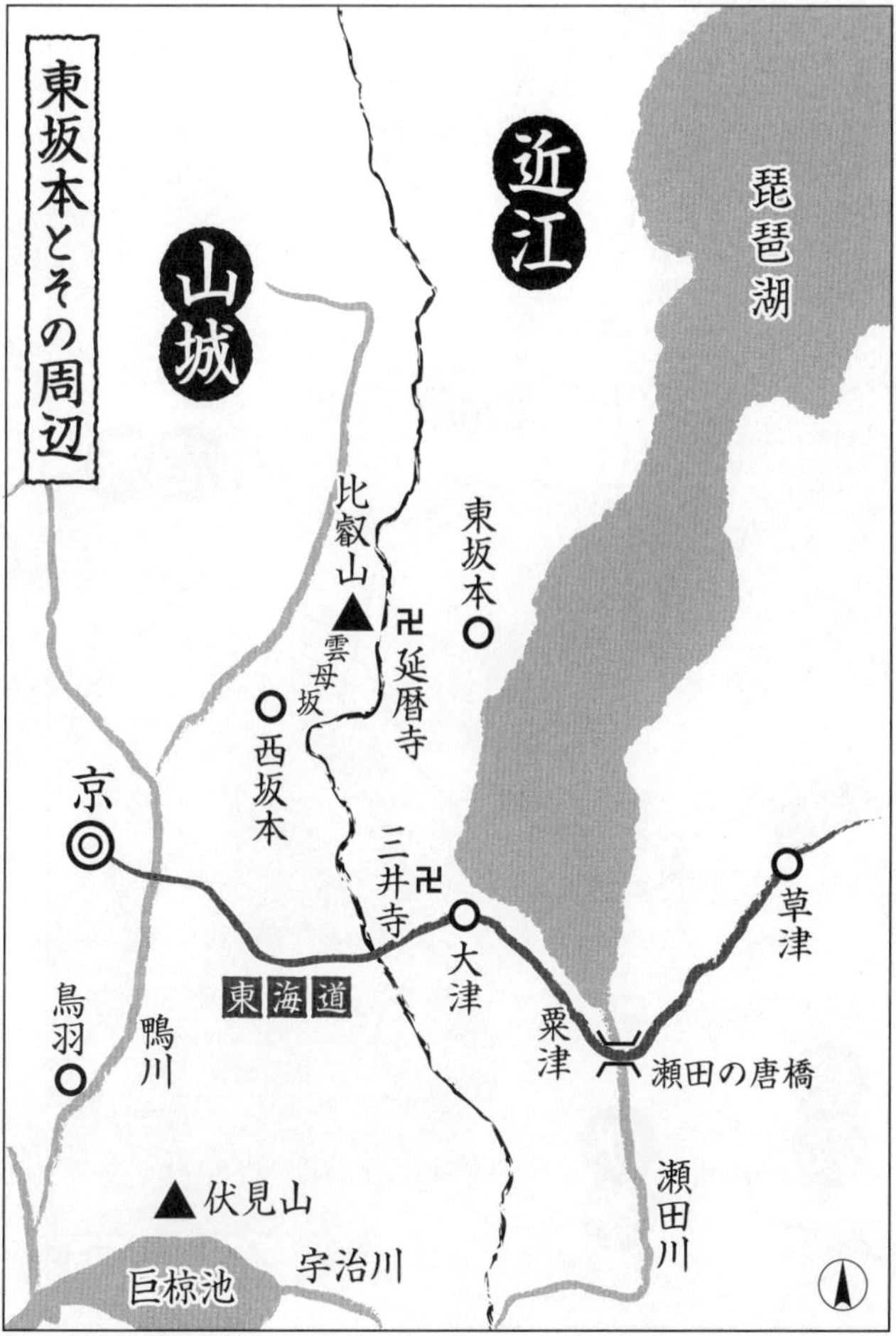
東坂本とその周辺
山城
近江
琵琶湖
比叡山
延暦寺
雲母坂
東坂本
西坂本
京
三井寺
大津
東海道
粟津
瀬田の唐橋
草津
鳥羽
鴨川
伏見山
宇治川
巨椋池
瀬田川

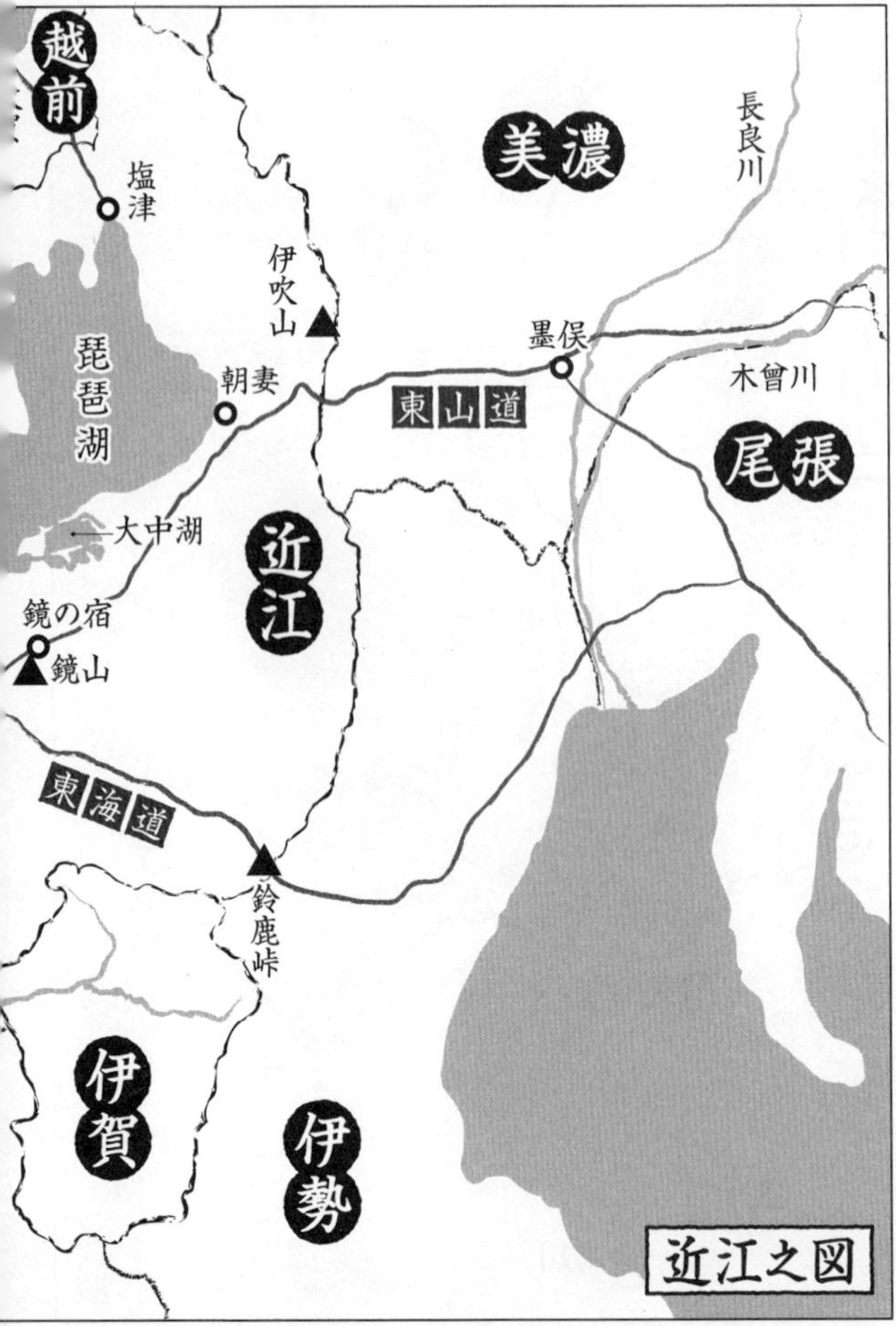
越前
塩津
琵琶湖
大中湖
鏡の宿
鏡山
伊吹山
朝妻
美濃
長良川
墨俣
木曾川
東山道
尾張
近江
東海道
鈴鹿峠
伊賀
伊勢
近江之図

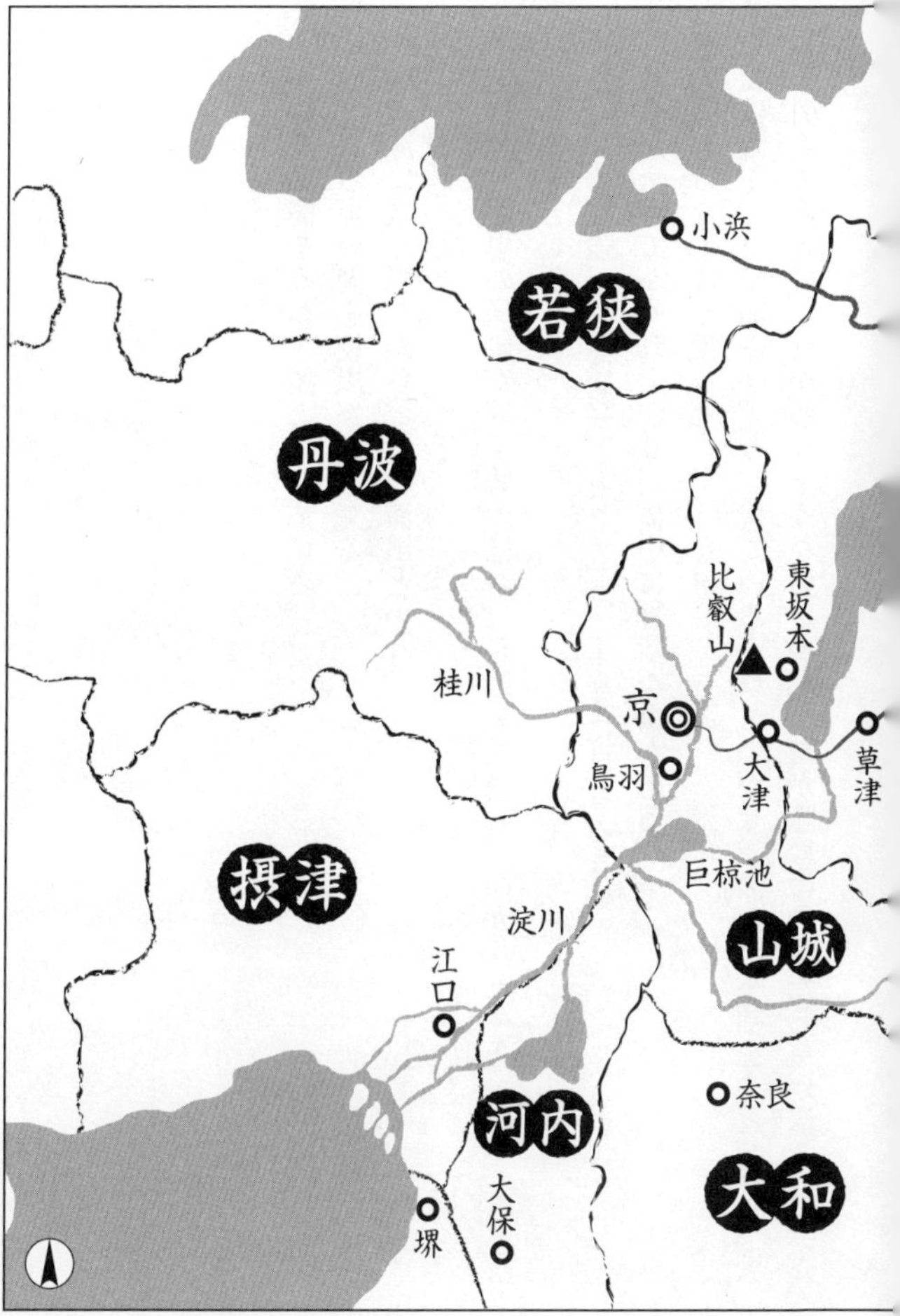

作製＝今井秀之

壱

鳰《にお》の海は闇をうつす鏡となっている。

広漠たる黒い湖を夜風が泡立てる。

鳰の海に吹く風だから、鳰の浦風《うらかぜ》という。

鳰の海――琵琶湖《びわこ》のことだ。

黒色化した鳰の浦風が獅子若《ししわか》のぼさぼさ髪を愛撫《あいぶ》し、叩《たた》かんとする。

――凄《すさ》まじい男であった。

身の丈六尺強（一尺は約三十センチ）。二十歳《はたち》にはなるまい。

筋骨が全身でふくれ上がり、体中に野蛮な傷がある。

面差しはなかなか凛々《りり》しい。

顎は太く、目は艶《つや》やか。今、着ているボロをぬがせ、洒落《しゃれ》た小袖をまとわせれば、人目を引く若武者に生れかわりそうな男だった。だが瞳には剣呑《けんのん》たる気が湛《たた》えられていた。

人がよりつくのを拒む、殺伐とした気だ。

正長《しょうちょう》元年（一四二八）、六月二十二日。

獅子若は琵琶湖に面した湊町《みなとまち》――東坂本の船着き場、三津浜《みつはま》に立っていた。荒れた若者どもが印地《いんじ》をし合う様を眺めている。

印地とは、石合戦だ。

室町時代、若者たち、子供たちを夢中にさせた、雪合戦の雪を石に代えた危ない遊戯《あそび》だ。

村ごと、町ごとに組をつくり、隣村や隣町の連中と、石を投げ合う。石に飽き足らず木刀で殴り合ったり弓を射たりする者もいる。

五月五日、端午の節句には、日本各地で印地がおこなわれ、星の数ほどの怪我人《けがにん》と死者が出た。

今宵《こよい》は東坂本の祭りであった。

祭りが終っても熱狂を引きずった荒ぶる若者たちが湖畔の砂浜に集結し、印地をしていた。毎年、くり広げられる光景だ。

東坂本の若者たちは、十間《けん》（一間は約一・八メートル）をへだて、一対一で向かい合う。見物人、順番をまっている男たちが、戦う二人をぐるりとかこみ、見守る。そうやって勝ちのこった男同士が戦い――もっとも強い男を、決める。

男たちがにぎっているのは、金礫《かなつぶて》だ。

石、ではない。

一握りできる大きさの鉄塊で、致死率は大幅にます。

室町時代に成立した御伽草子《おとぎぞうし》には「かなつぶて」という名の妖怪が奈良北部の丘陵地に現れ、金属球を投げて人々を困らせた話がつたわる。金礫が武器としてつかわれていたことがわかる。

若者たちは胸や腹を板や牛革で防御し、試合にのぞんでいる。

敵の胴部に当てて勝ち負けをきそうわけだが、打ち所が悪ければ死んでしまう。

現に、ここまでに二人の死者が出、怪我人は数知れずという有様だった。

闘技場となった三津浜には大松明《おおたいまつ》が立てられている。

赤い火明りが、さざめく湖水と夜の砂浜に立つ男たちの双眼を照らしていた。男たちの瞳には、軽率なる粗暴、引きつったような緊張、仲間をやられた憎しみ、酒と踊りが起す歓喜など、様々な感情が火となって灯《とも》っていた。

行司をつとめる小男が、

「東ィ、若宮《わかみや》の松十《まつじゅう》!」

「うわぁぁ!」

松十の仲間たちが跳ねる。乱舞するように、足で砂を叩く。

（若宮の松十……）

獅子若が初めて見る顔だった。が、松十の仲間の顔触れで判断するに、材木宿ではたらく男らしい。

材木宿とは琵琶湖を舟ではこばれてくる材木を、都でさばく材木問屋だ。砂浜に立つ大松明は、湖近くにずらりと並ぶ材木宿を朱色に照らしている。

「西ィ、富ヶ崎《とみがさき》の孫十郎《まごじゆうろう》！」

孫十郎は、獅子若がよく知る男である。水夫《かこ》をしていた。彼の仲間は船頭や水夫など「湖の男」が多い。

褌《ふんどし》一丁の、湖の男どもは、野太い腕をくみ、無言で松十の仲間たちを恫喝《どうかつ》する。

ギョロリとした目の松十と狐目《きつねめ》の孫十郎が、十間をへだてて睨《にら》み合った。

都で買った、辻《つじ》が花《はな》の小袖を着た松十が、ざわめきをつらぬく声で、

「おい、孫十郎！」

「おう」

「お前のその格好は、何だ？　東坂本の印地打ちは懐から礫を出す。うぬは、懐がないではないか？」

「………」

孫十郎は褌しかつけていない。

「何処《どこ》から礫を出す？　え」

松十の仲間たちが、げたげたと哄笑《こうしょう》した。

すると引き締まった胸をピクリと動かした孫十郎は静かに頭《かぶり》を振り真顔で褌を指す。

「お主、このふくらみが見えぬか？……わしは、己の金玉の隣に、金礫を一つ仕込んでおる！」

「汚ねえ！」

子供が叫び、近くにいた母親が頭を叩く。叩かれたのは、獅子若がいつも買う土器屋《かわらけ》の倅《せがれ》である。垢《あか》じみた子で、粗衣を着ている。

松十が、

「のう行司、褌から出すのは？」

「出せればよし。上手《うま》く出せれば、それでよし」

かなりとぼけた行司の言い方だった。

孫十郎の手が、褌のふくらみをさする。

「上手く引きずり出してみせましょうぞっ」

生真面目《きまじめ》な顔で叫んだのがおかしく、群衆がどっと笑う。

獅子若も、笑う。

あんた、笑っているけど、去年や一昨年のように一番になれるのかよ、という、ずるさと尊敬、そして子供っぽい挑発がまじった目で、土器屋の倅が見てくる。獅子若が、ふんと、表情を歪《ゆが》める。

東坂本で毎夏おこなわれる印地。

巌《いわお》が如《ごと》き肉体をもつ獅子若は、二年連続、王者に輝いている。

今年は一回戦から出ず、二回戦から出る。

孫十郎、松十の次が獅子若の出番である。はま道《みち》の金剛丸《こんごうまる》というのが彼の相手だ。元は牛飼いで、今はあぶれ者をしている若者だ。

金剛丸と不穏な仲間どもを獅子若が睨みつける。

荒削りの殺気の氷塊が、獅子若に叩き返される。

――ふと、獅子若の視線が止った。

顔の下半分を艶《あで》やかな扇で隠した娘が、金剛丸から少しはなれた所に立っていた。青い花柄が絞り染《ぞめ》された品のよい単衣《ひとえ》を着た娘で、市女笠《いちめがさ》から垂れた枲《むし》の垂布《たれぎぬ》が、いかにも涼しげである。

侍女と若党が二人、傍《そば》を固めている。

初めて見る娘だ。その潤んだ視線は、獅子若にそそがれている気がする。

(石の鳥居の西側に住む娘か……。所詮、俺には縁がねえ、姫君よ)

近江坂本では石の鳥居の東側――すなわち湖側に獅子若の階層の者たち、西側――すなわち山側に、異なる階層の者たちが暮していた。
試合を前に自分を掻《か》き乱した余計な雑念を振り払う。
砂浜でむき合う二人に、意識をむけた。
刹那、
「はじめ！」
軍配が、振り下される。
一瞬で、金礫を懐から出した松十が、投げる。
対する孫十郎は、異常な敏捷性《びんしょうせい》を発揮した。
身をかがめ、突進する、鋭気の金属球を、間一髪かわすや、陰毛が巻きついた金礫を、
投げる。
肩がうなり、浦風を切り裂いて飛んだ鉄でできた礫が、無防備な肩を打つ。
――ッ！
群衆が息を呑《の》んだ。
骨が《か》、われたようだ。松十は引き裂くような悲鳴と共に砂浜に転がった。歪んだ口が、
砂を嚙む。
どっと喚声がこぼれた。
「お主、わざと肩に当てたな！」

松十の仲間たちが殺気立ち、木刀や短刀に手がかけられる。孫十郎が両手を大きく拡《ひろ》げ、故意ではなかったと全身で語る。船頭たち、水夫たちが、孫十郎を守るべく砂煙上げて殺到する。

小戦が起きかねぬ雰囲気だった。

「——やめよ！」

重たい一声が、飛ぶ。

「それ以上、騒ぐと狼藉者《ろうぜきもの》とみなすっ」

一瞬で静まった人々の胃の腑《ふ》に分厚い禁圧をあたえる声だった。

声を上げたのは打刀《うちがたな》を腰に差した短髪の貫禄《かんろく》ある男であった。

それぞれ薙刀《なぎなた》や弓矢をもち、腹巻という鎧《よろい》を身につけた手下を、六人つれていた。

野次馬が、

「堂衆《どうしゅう》じゃ」

「公人《くにん》を六人つれておる」

獅子若が、左目を細める。

堂衆とは、この町の警察である。比叡山《ひえいざん》につかえる妻帯者で、僧ではない。半僧半俗。山伏《やまぶし》の身分だ。東坂本や、山の反対側、西坂本の町に居を構え、土倉《どそう》など金融業を営んでいる。手下である公人衆をつかってこの町の治安を維持するのは大切な役目であった。お山で仕事がある時、堂衆は妻子を門前町にのこし、自分たちだけで登る。叡山は女人禁制だからである。僧より身分は低いが実力をもつ男どもだ。

東坂本は、叡山の門前町である。

堂衆は、若者たちに語った。

「何ゆえ、印地打ちなるものを、公儀は禁じぬのか？　わしはそなたらくらいの齢《とし》から疑いをもっておった。深く悩んでおった」

「………」

印地が日本の公権力に禁じられ、列島から一掃される日、それは、江戸幕府の登場をまたねばならぬ。

ゆるすぎる政府——室町幕府はこれを禁じていない。

「公儀が禁じていないものをわしが禁じる訳にもゆかぬ……。されど、度がすぎる騒ぎを起す者は、狼藉者と見なしてひっ捕らえるぞ。そのために此処《ここ》にきておる。わかったか！」

「……へーい」

若者たちが気のない声で答える。

「よし。それがわかったらつづけよ」

負けた松十が仲間にはこばれ、勝った孫十郎がすれ違いざまに獅子若の強靭《きょうじん》な肩を叩いていく――。

行司が獅子若を見つめた。

「では、次――東ィ、富ヶ崎の獅子若！」

観衆に顔をむけ、

「獅子若は、一昨年、そして去年、この浜辺でおこなわれた印地打ちで……大将となった猛者《もさ》じゃ。鉄獅子という異名で呼ばれておる！」

「おおおぉぉぉ――っ！」

男どもの熱狂に、さっきの堂衆が苦《にが》い顔でうつむく。

「茶木大夫《ちゃきだゆう》の許《もと》で、馬借《ばしゃく》をしておる」

馬借仲間たちが咆哮《ほうこう》した。

茶木大夫の息子で、親友の平五郎《へいごろう》がきていないか、獅子若はたしかめる。

（……やっぱ、いねえ）

平五郎は、印地が嫌いだ。今日も散々止められたが、それを振り切って出てきた。

戦いの浜辺に獅子若はのしのしと巨体を揺すってむかう。

「そして、西ィ、はま道の金剛丸ぅ！」

金剛丸は目鼻が大分くっきりした若者で、長い髪を後ろで一つにたばねている。屈強だ。小袖は真紅で、白い楓《かえで》模様が染め抜かれ、金糸をつかった帯には短刀が差されていた。爛々《らんらん》たる眼火を燃やしながら舌なめずりをしている。

「元は牛を飼い、車借《しやしやく》をしておった」

車借衆——牛に荷車を引かせ荷物をはこぶ者たちで、馬借が全土的に活動するのに対し、車借は都周辺にしかいない。

金剛丸が、甲高い声を、出す。

「馬借のせいじゃ！　馬借がふえすぎて、この坂本では幾人もの車借が潰れたわ。お前たちのせいで、我らはあぶれ者よ」

十間はなれた所に立つ金剛丸が、獅子若の喉を指し首を刎《は》ねるように横に動かす。

獅子若は無表情である。

金剛丸と目付きが鋭い十数人の徒党は、あぶれ者と言っても随分、いい身なりをしている。

この者どもは何をして銭をかせいでいるのか、窺《うかが》い知れぬ処《ところ》があった。

「どうした、獅子若よ。鉄獅子よ。やけに、おしとやかじゃねえか。獅子をやめてかかってきた猫になっちまったか？」

「ぐわははは！」

金剛丸と仲間たちの嘲笑《ちようしよう》を、獅子若は涼しい表情で受け流す。弱気を消す嘲笑とわかっているからだ。獅子若は胸の近く、小袖の内側につくった隠し収納に入れた、かなり大きい金礫の重みをたしかめていた。

高笑いが止《や》むと、比較的強い湖風が一同にぶつかってきた。

それが合図であるかのように——不意に面差しを険しくした獅子若は、冷たい敵意の塊を面貌から放出し、相手にぶつけた。

「金剛丸よ。妙見《みょうけん》様の祠《ほこら》に乞食の爺《じい》さんがいるだろう。知ってるか？」

「…………」

不気味に低い声で獅子若は訊《たず》ねる。

「知ってるよな？」

巨漢の獅子若から発せられた問いかけは、観衆に、只《ただ》ならぬ興味と、緊張を、起す。

隣の者が生唾《なまつば》を呑む音が冴《さ》え渡るほどの静黙が、夜の三津浜をつつんだ。

「……ああ」

金剛丸は、少し硬い声で言った。見栄えがいい男であったが、まじまじと眺めると隠し様がない下品さが口元に浮かんでいた。

闇に沈んだ桟橋や繋留《けいりゅう》された舟どもから、藻の臭いがどっと漂ってくる。

「あの爺さんに、娘がいた。小せえ女の子だ」

「…………」

金剛丸の面相に、微弱な変化が見られた。目に見えない矢が顔面を突き、それを誤魔化すようにわざと力をぬくような、そんな筋肉の動きが見られたのである。

　獅子若は冷徹につづける。

「妙見様の床下を寝床としていた子さ。あの女の子の姿が、ここ半月見えねえ。お前が何か知っているんじゃねえかと思ってよ」

「知らねえな、何も。おい、お前たち、何か知ってるか？」

「知らぬな」

　金剛丸の問いに、徒党が答える。

「……そうか。爺さんがあんまり、気の毒でな。あの子しか身寄りがいねえだろう？病になっちまってなあ」

　金剛丸の舌が、乾いた上唇を、舐《な》める。

「爺さんはたしかに気の毒だが……。子供はよお、家の者と喧嘩《けんか》するとよ、ぷいっと遠くに出て行っちまったりするじゃねえか。んで、帰り道がわからねえって騒ぐ。その子もきっとそれだよ。何日かしたらかえって――」

「しらばっくれるんじゃねえぞ、金剛丸よ！」

　獅子若が無理矢理、相手の話をぶった切った。その巨軀《きょく》が、高温の闘気を放った。

　夏の夜の蒸し暑さと関《かかわ》りない、ボロ衣の内にため込んだ熱をともなう怒りが、噴き出たのだ。

獅子若が放った地獄の熱沸河《ねつふつが》、灼熱《しやくねつ》にとろけた銅《あかがね》や白鑞《びやくろう》が流れる川に似た圧倒的な闘気が金剛丸を打ち据えた。

「お前がよぉ、あの子をたぶらかし、上手く丸め込み、人商人《ひとあきびと》の許につれてったのを見た奴《やつ》がいるんだよ」

野次馬が、ざわつく。堂衆が厳しい面持ちで金剛丸を睨む。

「知らぬな……」

金剛丸はかすれ声で否定した。


昨夜、平五郎は、頬を硬く強張《こわば》らせて獅子若に言った。

『まさか、金剛丸を……印地の事故に見せかけて……』

獅子若は答えなかった。

友の沈黙で平五郎は全て悟った。切れ長の目が、ゆっくりと閉じられる。

この表情をした平五郎に獅子若は幾度もいさめられた覚えがある。

『堂衆が、印地の事故、と見なしたら、お前にお咎《とが》めはない』

印地は、室町幕府がみとめた遊びだからだ。

『しかし――』

思慮深く情にあつい平五郎はくっきりした縦皺《たてじわ》を眉間にきざんだ。獅子若はぼさぼさ髪だが、平五郎はきちんと髷《まげ》をゆっている。

『わざとやったと見なされたら、お前は人殺しとなる』

その場合、叡山の検断権《けんだんけん》が発動される。叡山の警察に獅子若はとらえられ、斬られるだろう。

室町幕府は、庶民が殺されたり、かどわかされたり、物を盗《と》られたりする事件の検断行為――警察行為を、一つ一つの村や町、寺に、丸投げしていた。

たとえば、甲という村で、村人が人を殺せば、村が処置するが、問題は、下手人が、村の外からきた者であった場合。もしこの者が六十余州の何処かに逃げてしまったら、追跡する「公機関」を室町時代の日本はもたぬのである。

また被害者の身分によっても、話が違う。高い身分の者が殺されたり、かどわかされたりすれば――幕府や大名は血眼《ちまなこ》になって下手人を追う。しかし百姓や商人、職人が殺されたり、かどわかされても、幕府は犬ころが死んだり、行方不明になったくらいにしか思わない。権門に余程のつてがあれば話は違うが、原則として権力は、諸国で起きる庶民が犠牲となる殺人や盗みに無関心であった。

では、殺されたりした者の無念を誰が晴らすのか。それを晴らす術《すべ》はないのか。あった。

幕府は、庶民が殺されるのを事件と見なさない代りに、殺人の犠牲者の縁者、友人たちが、下手人に報復することをみとめている。――自力救済。勿論《もちろん》、これは、下手人の縁者たちによる報復への報復をたやすく引き起し、憎しみの連鎖がつづいていく。

(今の時代、もっとも憐《あわ》れなのはよ、自分が殺された時に仕返しをしてくれる仲間をもたねえ、放浪者だ)

獅子若にも放浪の経験があった。だから妙見様の床下がつくるやさしい暗がりに、ひっそりと潜るように生きていた乞食の老人と童女のおびえが、よくわかった。

誰も仕返ししてくれる者がいない境涯は危険に直結するのだ。

都に平五郎と荷をはこんだ帰り道。童女が転がした汚れた毬《まり》を、獅子若がひろってあげて生れた縁《えにし》である。

人商人によってつれ去られた童女は、遊女屋にでも売られてしまったのだろうか。鞭《むち》打つような、あるいは違う形の暴力をくわえる酷薄な主人に、買われていまいか。獅子若は最早《もはや》、心優しい主人に買われていてくれ――と願うことしかできなかった。

平五郎は捜索をあきらめていない。人商人の行方を突き止めれば童女をつれもどせるのではないかと思案している。

だが、獅子若は、もう少女を取りもどせないだろうと考え、それよりは原因をつくった金剛丸にケジメをつけさせることが肝要だと、感じていた。

自分では復讐《ふくしゅう》できない爺さんに代って、俺がケリをつける——。

行司にたのんで、金剛丸と印地できるよう、画策した獅子若であった。


生暖かさを孕《はら》んだ湖の吐息が獅子若をつつむ。

炬火《きょか》が深い陰影をあたえた金剛丸の面貌に——殺意が、走る。獅子若が発した只ならぬ敵意が相手の体を殺気立たせる。

(面白い。お前も殺《や》る気か)

行司が、

「はじ……」

言いかけた処で、素早く、金剛丸の手が、動く。明らかに、卑怯《ひきよう》だ。

「め!」

ここで獅子若が金礫を取り出す。放つ——。

しかし、金剛丸の金礫は、もう獅子若に肉迫していた。

獅子若の頭を砕く軌道で。

ゴッ!

脳中で、火花が、散る。

ごつい木の幹に似た腕で獅子若は自分の頭を守った。敵の礫を払うべく石山寺《いしやまでら》の岩を打ってさらに鍛え上げた腕である。体の根幹を突き崩すような痛みに、歯を喰《く》いしばって耐えた。

片や獅子若が投げた金礫は、確実に金剛丸の額を狙っていた。

それは桃くらいの大きさのごつごつした鉄塊であった。敵を傷つけやすいように、わざと荒く削ってあり、表面は黒く加工されていた。

暴風が金属化して頭に突っ込んだような衝撃が、金剛丸を襲った。

赤い破片を散らしながら、金剛丸は砂浜に沈んだ。

礫が脳をまき散らし、一人の若者の命を奪ったことを知った群衆は、悲鳴を上げた。

刹那――獅子若は、歓喜《よろこび》を感じた。

獅子若の胸中に正体不明の黒い濁流に似た生き物が蠢《うごめ》いており、そ奴が喜んだのである。

爺さんと童女の無念を一部分とはいえ晴らしたことが嬉《うれ》しいのか、自分の中にどうしようもないほど強い暴力への衝動があり、それが、爺さんと童女の無念を言い訳に発動されたことで歓喜したのか――獅子若はわかりかねた。

金剛丸の仲間が怒鳴っている。

「これは殺しだ！」

「わざとやった」

獅子若が、大喝する。

「わざとじゃねえ！　お前たちも見ていたろう！　金剛丸は行司が言い終らぬうちに、投げた」

行司がうなずいた。

「奴は神聖な勝負の掟《おきて》を破った。咄嗟《とっさ》に反撃した礫が頭に当ったのだ！」

「………」

押し黙った金剛丸の仲間たちは、傍に控える短髪の堂衆にすがるような眼《め》を向けた。堂衆は見えないものを見るような、静かな表情でじっと獅子若を注視してくる。

「文句が、あんのかよ？――先に俺を殺そうとしたのはこいつだぜ」

頑丈な巨軀の上で、逞《たくま》しい顎をかしがせた獅子若は、暗い笑窪《えくぼ》を浮かべた。穏和な笑顔を浮かべれば大勢の人を惹《ひ》き付ける益荒男《ますらお》ぶりであったが、猛獣に似た荒々しさと、暗さをたたえているため、人を寄せ付けず、むしろはね飛ばしてしまう。

公人どもは怖気《おじけ》づいていた。

妻子の顔でも思い浮かべているのだろうか。六人の公人はそんな緊張の面持ちで、腰は、早くも引き気味である。

堂衆が、獅子若捕縛を命じた場合、たちどころにはたらかねばならない彼らは、獅子若の巨軀から漂う凄みに圧倒され、体を強張らせていた。肝心の堂衆は押し黙ったままである。

　すると、

「自念坊《じねんぼう》！」

　かん高い声がひびいた。

　先刻の市女笠の娘だ。

　若党と侍女をつれ、自念坊と呼ばれた堂衆の前に立つと、娘は面《おもて》の下半分を隠した扇をはずした。伊勢白粉《いせおしろい》をたっぷり塗った白い柔肌と真っ赤な唇が大松明に照らされる。

　天女が如き娘の白さに、人々は息を呑んだ。

「見忘れたか？　上林坊《じょうりんぼう》の娘、伽耶《かや》でおりゃる」

「上林坊様の――」

　短髪の堂衆、六人の公人衆が、一斉にかしこまる。大松明から輝く虫のように飛んできた火の粉が、有髪の公人衆にふれるかふれないかで消えた。

　伽耶という娘は、

「そこな男……獅子若と申すか？　獅子若の言い分が正しいのは、明らか。のう、自念坊」

「はっ」

「さればでおりゃる。この者には特に咎めなく、印地をつづけさせるべきと存ずるが

「……いかが？」

「…………」

「まさか、からめ捕らえようとしていた訳ではおりゃるまい」

自念坊は恐縮する。

「滅相もございません」

「うむ。では、このまま、滞りなく石投げをつづけさせておくりゃれ」

「承知しました。伽耶様は、この者と……」

「今日はじめて見た。ただ、今日はじめて見たこの男の言い条、筋がとおったもののように思えたし、妖言《およずれごと》にたぶらかされ、何処かに売られてしまった子供のことも、よくよく吟味せねばならぬ事柄と思うたゆえ、名乗り出た訳でおりゃる」

「重々、承知いたしました。まず、獅子若をとらえるつもりは勿論ありませんでしたし、騙《だま》されて人買いに売られた一件については、きっちりしらべたく思います」

そう答えると、堂衆は、金剛丸の遺骸を片づけようとしていた男たちに声をかける。

「お前たち、後で話を聞かせてもらうぞ」

公人が三人、彼らの方へ歩いてゆく。男たちは、復讐に燃える目で、獅子若を睨んでいた。

東坂本で生きる以上、連中の復讐心と対峙《たいじ》せねばならぬ未来《こと》を、獅子若はひしひしと直覚した。

——だが、束になってかかってきても、まとめてぶちのめす自信がある。指をぽきぽき鳴らしながら傲岸な笑みを浮かべている。

「いつでも遊んでやるぜ。ただ、俺と遊ぶと、東坂本で生れたことを、後悔するかもしれねえ」

堂衆が、若者たちの心火《ほのお》を、冷ますように、

「今日の印地の勝ち負けを引きずり、他日、騒ぎを起す者はきつく取りしまるからな！覚えておけ」

「それでよい。明石《あかし》、参ろうぞ」

白狐に似た三十過ぎの侍女に声をかけた伽耶が引き上げようとする。

「一応、礼を言っとく」

自分の傍まできた娘に、獅子若は、ぼそりと言った。

伽耶の足駄《あしだ》が、止る。

かすかに沈香《じんこう》の香りがした。それはそこはかとない、やわらかさをもつ匂いだったが、記憶の中枢に熱をのこす香りであった。

扇で鼻より下を隠し獅子若に視線を流した伽耶はしばし黙していた。

やがて、

「……獅子若とやら」

「………」

獅子若は無遠慮に、伽耶を正面から眺める。若党二人はこの態度に警戒感を剝《む》き出すも、伽耶は、気に留めない。

「馬借をしておるのでおりゃるか」

「ああ」

「お主、無礼であろう!」

若党がだみ声を差しはさみ、一歩前に出るも、

「よい」

ぴしゃりと言った伽耶は若党の前に扇を出した。

顔を隠していた扇が動いたせいで、美しいかんばせが——あらわになる。そして娘はこぼれるような笑みを浮かべた。

その微笑《ほほえ》みは、戦いで荒ぶった獅子若の筋肉に、恩寵《おんちょう》的な心地良さを掻き立てている。

下半身が、ぞくり、とする。

真《ま》っ直《す》ぐに獅子若を見つめたまま、伽耶は、

「では、馬の病を治したりするのは、得意でおじゃろう?」

「一通りは」

獅子若も伽耶を見つめた。

「癇《かん》が強い馬を治すのは？」

「ああ」

ぼそりと、言った。

「だと思った。今日は……勝てるとよいな」

呟《つぶや》くや否や、扇を翻《ひるがえ》し、お付きをしたがえて、立ち去った。


その夜、獅子若は順調に三試合勝ち抜き、決勝まで行っている。

相手は、瓢箪図子《ひょうたんずし》の月心《げっしん》。

日吉神人《ひえじにん》がいとなむ土倉で、土倉軍——私設警備隊——としてはたらく大男である。

月心の礫を辛くもかわした獅子若は、桃の実ほどの鉄塊を相手の胸に当て、見事決勝を制した。

だが月心を助け起し、互いの健闘をたたえ合っても、獅子若の胸の中にはもやもやしたものが渦巻いていた。

行方知れずになった童女が気がかりなのか。金剛丸一味の動向が警戒心を掻き立てるのか。今日の印地に出ることに最後まで反対していた平五郎の姿が、見えなかったことへの苛立《いらだ》ちか。

（――あるいは、あの女が気になるのか）

恐らくは全てが複雑にからみ合った感情だった。

＊

馬一頭と身一つで稼業をこなす馬借は、己《おの》が家で馬を飼う。

だが、十六頭の馬を飼い、七人の馬借をつかう茶木大夫ほどの馬借の親方ともなるとそうはいかないので、庭に厩《うまや》を建てている。

茶木大夫の名は、庭にある古い茶の木が由縁だ。

翌朝、獅子若は明けやらぬうちに覚醒する。

（秣《まぐさ》は平五郎の番だが……まだ寝てやがる。せっかく起きた訳だし、俺がやるか）

薄暗い夜の残りが厩と井戸、秣小屋と茶の古木をつつんでいた。厩の萱葺《かやぶき》屋根では、小シダと、獅子若が名も知らぬ花が朝露に濡《ぬ》れていた。

秣を大量にかかえる。

草の苦しいまでに青い臭いが、鼻孔《はな》から肺に流れ込んでくる。

農村で馬を飼う場合、馬が食す草は、百姓の童《わらわ》たちが朝飯前に刈りに出る。

ただ、町で飼われている馬は、左様な訳にはいかない。農村からやってくる草売りから秣を買う。たとえば、都の公家《くげ》や武家の館に飼われている馬どもが食《は》む草は、伏見《ふしみ》の草地で刈った「伏見草」だ。

草売りから買った秣が茶木大夫の秣小屋には大量につまれていた。彼はその他に、近郷の百姓から、大豆と野菜を買っている。また郊外に麦と粟《あわ》の畑をもっており、仕事にあぶれた馬借に手入れさせていた。そこで採れた雑穀《もの》も、馬にあたえていた。

春から夏は青草、秋から冬は干し草、そして馬の体調や仕事の軽重にかんがみて、大豆や穀類も食べさせる。

十六頭のうち、用心深い十頭は立ったまま半眼で寝ていた。残りは人間になれ切った馬や、老馬で、干し草に体を横たえていた。

秣をかかえた獅子若が厩に現れるや馬どもは一斉に反応した。

伏せていた六頭も立ち上がり、立ち寝していた馬は耳をくるくるまわし、今やしっかりと目を開けている。

ヴハッ……ヴハッ……！

そこかしこで馬が息を吐く大音《おと》がする。

一頭目の飼葉桶《かいばおけ》に、草をつめると、全頭が顔を突き出す。

獅子若はそれぞれの馬に草をあたえてゆく。

厩舎《きゅうしゃ》独特の臭いが、胸をみたした。

獅子若はこの臭いが――馬糞と草の香りと馬の汗の臭いが混淆《こんこう》したこの臭いが好きである。

馬糞は、牛糞や人糞ほど臭くない。人を不愉快にさせるよりは、むしろ、なつかしいような、くすぐったいような気持ちにさせる臭いだと、獅子若は思う。

獅子若は知る由もないが、馬の消化力は、牛、人にくらべて劣り、体内で餌が発酵しない。したがって臭いが薄く、多分に草の姿形《すがた》をとどめた糞が排出《だ》される。

馬は糞と干し草を踏み固めた所で暮しているが、これはたまってくると掻き出され、百姓衆に渡される。

八頭まで秣をやった時、平五郎が、きた。

平五郎の顔景色からは何も読み取れぬ。彼も無言で手伝いはじめ、飼葉桶に秣を入れてゆく。

栗毛《くりげ》の馬が、くわえた草の束で、自分の寝床に波や円を描くように動きながら、ゆっくり咀嚼《そしゃく》する。糟毛《かすげ》の馬が食べながら滝のように尾を振って臀部《でんぶ》を叩く。

たちどころに作業を終えた二人は、井戸端に行く。

獅子若の胃に冷たい井戸水がしみ込んだ時、ほのかに赤い曙光《しょこう》が、他の馬借の家や問《とい》丸《まる》の大きな板屋根を照らした。寝床をはなれ、羽ばたきながら餌場にむかう鳥たちの声が、遥《はる》か頭上からこぼれてくる。

　平五郎が、言った。

「金剛丸を……倒したのか？」

　獅子若より頭一つ低い平五郎は、痩せているが引き締まった体をしていた。シダが描かれた若緑の小袖は清潔だ。

（他の馬借みたく暑苦しくねえ。……さっぱりした男だぜ）

　と、獅子若はいつも思う。

　答えずに、

「薄情な奴と思ったぜ」

「俺がか？」

「ああ。くるかと思ったが、こねえんだもんなあ」

「ああいう始末の付け方をするのに、俺は反対だったし、印地というものがそもそも好きではない」

　柄杓《ひしゃく》でもう一杯、水を飲むとつけくわえた。

「それに、お前は必ず最後まで勝って、もどってくると思っていた。怪我一つなくな」

「よく言うぜ」

　獅子若は大きな体をたわませて笑った。そして、不意に表情を引き締めて陰鬱な声を発した。

「金剛丸は、潰した。奴の仲間は俺に何か、仕掛けてくるかもしれねえ。みんなには、迷惑をかけねえ。……なれっこだからよ。この町にきたばかりの頃、徒党をくんで何か仕掛けてくる野郎どもに、俺はいつだって礫を投げ、身を守ってきた」

「………」

平五郎は井桁に手をかけると、目を閉ざした。しばらくして、

「──奴が下手人でなかったら、お前はどうする」

「十中八九、いや、九分九厘下手人だ。三津浜で見た奴の目の色から、はっきりと自信をもって言える。奴がやった。間違いねえ」

開眼した平五郎は、

「お前の始末のつけ方で、あの子はもどってくるのか？」

「じゃあ、お前にさがす当てがあるのかよ？　俺らがさがしてる間に、人商人からもらった金で、奴が何処か遠くの知らねえ町に行き、その後で奴のせいとわかったら、お前はどうした？　第二、第三の娘が、奴のせいで人買いに渡されたら、どうしたよ？」

「………」

「てめえの身は、てめえで守れ。てめえが何かされたら、てめえで何とかしろ。強い者が、勝つ。お上は俺たちにそう言いてんだろ？」

「……ああ」

「じゃあ、あの爺さんに、それをする自力はあんのかよ？　妙見の祠の下に寝ていた爺さんだよ。茶木大夫が引き取った爺さんだよ。あの爺さんは、泣き寝入りするしかねえってか？」

語気を強め、

「——違うだろ？　自力がねえ爺さんだからよ。……元は他力かもしんねえけどよ、俺があの爺さんの自力になったんだよ。だから——ああやって始末をつけた。何か違うことを言ってるか？」

「………」

己の中に暗い溶岩の熱流が渦巻いている気がした。その溶岩が、喉や、肺腑や、歯にしみ込んで、言霊《ことだま》となり、平五郎にぶつけられていた。

大筋で、平五郎に告げた獅子若の言葉に偽りはない。

だが、本当にそれだけかと、胸底で問いかける内なる自分がいる。

一昨日、獅子若は気づいている。

己の中に、自分では御しきれぬどす黒い濁流があり、老人のため、童女のため、というのは言い訳にすぎず、本当はその衝動が出口をさがしていただけなのではないのか。

そういう可能性だ。

それについては、友にも黙っていた。

平五郎は硬い面差しのまま呟く。

「とにかく、一人で行く仕事は、しばらくお前にまわさない」

「一人の仕事。大いに結構だよ。俺に怖いものはねえ」

「……………」

「何を怖《おそ》れてるんだ、平五郎。俺がこれ以上、何か問題を起すことか。親父《おやじ》さんが、六《ろく》人之党首《にんのとうしゅ》だからか？」

自治都市である東坂本の最高意思決定機関は――在地人（住民）の責任者、六人之党首と、延暦寺《えんりやくじ》がよこす三人の僧、三坊主の寄合の場である。六人之党首と三坊主の発言力は、六人之党首の方が、上だ。

有力な馬借たる茶木大夫は、六人之党首に名をつらねていた。

平五郎は怒りで赤くなっていた。

「俺がそんなことを気にすると思うか？　俺はな、獅子若……お前を案じただけだ」

「何を言い争っておるか？」

茶木大夫が庭に現れた。

背は低い。

されど、頑丈な体をした浅黒い男である。

左の額から顎にかけて、斜めに長い刀傷が走っていた。

東坂本には三軒の風呂屋——庄湯《しようのゆ》、さうの辻の二階風呂、大乗寺《だいじようじ》の風呂、がある。富ヶ崎に近い大乗寺風呂で、獅子若は茶木大夫の背に三本の凄まじい刀創がきざまれているのを見た覚えがある。

若き日にくぐり抜けた相当な荒事、修羅場が刻印した傷だろう。

が、茶木大夫の口から、昔暴れた話などは一切出てきたことはない。

いつも穏和な笑みを浮かべ、人の話をよく聞き、近隣の人々にも親切な男なのである。

茶木大夫は柄杓で井戸水をすくう。一口飲み、実に美味《うま》そうに、うなずく。

若者たちが質問に答えず、気まずそうに黙っていると、

「もう……秣はやったのか？」

「はい」

あられ丸という馬がげっぷをする音が、ひびく。

「獅子若、昨夜、印地に行ったか？」

茶木大夫も印地嫌いであった。争う遊びよりもむしろ、静かな遊びを愛した。たとえば庭の茶木から葉を取り友人たちをあつめて喫茶したりしている。

が、獅子若は密《ひそ》かにこの男は過去に印地をやっていて、しかも相当な腕前だったのではないか、と思っていた。

事実、高価な物をはこぶ時、茶木大夫は大き目の金礫を三つ、懐に忍ばせているようなのだ。その三つという控え目な個数も、茶木大夫が場馴《ばな》れしているような印象を、獅子若にあたえる。

「まあ……」

獅子若が言うと、平五郎が、

「今年も獅子若が大将。誰にも負けなかった」

「なるほど……それは、一応めでたいとしておくべきか。だが、祝い酒は出せぬぞ。再三、印地に行くなと申しておる身としては」

微笑しながら、叱る。

「もうこの東坂本で、お前に勝てる男はおるまい」

「西には？」

「西坂本にもおるまい。大津にもいないだろう。だが、京には、いる。確実に、いる。お前を印地で打ち負かす恐るべき男が……。まあ、この町でやる分には、あと五年やっても、お前が勝ちつづけるであろうよ」

ほめているのだか、けなしているのだか、よくわからぬ見解だった。

家の中に入ろうとする獅子若に、

「——ほどほどにせいよ。あまり無茶をして、亡きお袋殿を悲しませるな」

十年前――獅子若と母が暮す家は暴漢どもに襲撃された。家は壊され、母は生業《なりわい》をうしなっている。路頭に迷った母子に手を差しのべたのが、近くに住む茶木大夫だった。母は美しい人だったが、茶木大夫はそれが目当てではなかった。

馬に興味を見せた獅子若を、馬借としてそだて、馬借たちの飯炊きを獅子若の母にたのんだ。

五年前、母は、茶木大夫に深い感謝をいだきながら逝った――。

朝の麦飯を喰い終えた処で飯炊きの婆《ばあ》さんがやってきた。

「表にさ、あんたに会いたいって、女の人がきてんだよ」

「何、女じゃと――」

他の馬借衆が一斉に腰を浮かせる。坊主頭で片目がつぶれた小弥太《こやた》、いつも酒臭い六《ろく》じ六、熊のように全身に毛がある毛玉《けだま》――そういえば毛玉の本当の名を獅子若は知らない――等々、みんな暑苦しい面々だ。

「あのね、この辺じゃ見ない、そりゃあお上品な人ですよ。あんたらのような、がさつなのがどどどっと行ったら、ぶったまげて腰を抜かしちまう。いいから、座って座って。獅子若、行っておあげ」

この婆さんは、獅子若の母が亡くなった後、茶木大夫がやとった人である。

訝《いぶか》しみながら獅子若が表に出る。背後から、馬借どもの熱視線を感じる。

たしかに、門の所に、茜染《あかねぞめ》の小袖を着た艶《あで》やかな女が、立っていた。昨夜会った伽耶の侍女だ。

女は嫣然《えんぜん》と笑《え》んでいた。

「昨日、お会いしました、伽耶様におつかえしている明石にございます」

「……ああ。何の用だ？」

訊ねながら肘にとまった蚊を叩き潰す。血が、にじんだ。

女は目を細めてその血を眺めるも、微笑を崩さぬ。柔和だが、冷たい笑みである気がした。

瞬間、獅子若は自分の生血を吸っている姿なき魔性がいて、女はその魔性の存在を知る者であるという奇妙な夢想に駆られた。

——文《ふみ》が渡される。

「伽耶様からの文にございます」

かすかに、沈香が匂う。

「どうぞ、お読み下さいませ」

字が読めねえんだ、とはさすがに打ち明けられぬ獅子若をのこし、女はさっと会釈して立ち去った。

「……平五郎に読んでもらうしかねえか」

舌打ちした獅子若は、飯を喰い終えた平五郎を厩に引っ張った。

「おい、おい、どうしたのだ？　いきなり」

「これを読んでくれ」

厩舎独特の、生暖かい臭いが、むわっと、二人をつつむ。朝飯を喰い終えた馬どもが、噴射するような音を立て、息を吐く。

「女の字……お前」

平五郎は瞠目《どうもく》している。

「印地でお前を見初《みそ》めた女がいたのか」

平五郎は、複雑な表情だ。

「いいから、早く読め」

あきれたように首を振った平五郎に葦毛《あしげ》の馬が鼻を突き出す。

「この伽耶という娘……何、上林坊殿の娘なのか」

「上林坊って有名なのか？」

「有名も何も……大名山徒《だいみようさんと》だ」

「そうなのか。んなことより、伽耶は何言《なんつ》ってきたんだ？」

「手がつけられない馬を見てほしいと。今日の八ツ（午後二時頃）」

＊

八ツ少し前――近江坂本の中心を東西に貫く大路、井神町《いがみちょう》通を西に行く大男の姿があった。

獅子若である。

左右には庶民を相手に金をかす土倉、さらに米屋や酒屋など様々な店が並んでいた。

土倉をいとなむのは、堂衆か、日吉神人だ。

漆器屋の見世棚にならべられた黒漆塗、朱漆塗の器の艶が、午後の日差しを受けて、白く輝いていた。白い暖簾《のれん》を垂らした材木屋の前に榑《くれ》をつんだ荷車が動きを止めた犀《さい》のように止っていた。

屛風《びょうぶ》屋あり。青物屋あり。足袋《たび》屋あり。

時折、砂塵《さじん》を起す大通りを様々な者が行きかう。

天秤棒《てんびんぼう》をかついだ水色の小袖の男は鯉《こい》を商っている。紅の暖簾を垂らした扇屋では、屋根の作事中だ。白布や、編笠で、強烈な日差しをふせいだ男衆が、屋根の上で榑を葺《ふ》いてゆく。紅の暖簾がふくらむと、扇屋の女が出てきて、茶と饅頭《まんじゅう》を上にはこぼうとする。

汗をぬぐいながら西へ歩く獅子若の横を米俵をはこぶ馬借の一団が追い越してゆく。鬚面《ひげづら》の馬借と大声で挨拶をかわし合う。その一団の後ろからやってくる緑色の衣を着た入道頭の馬借は、樽《たる》を二つ馬にはこばせている。

（多分、越後《えちご》の塩引き鮭《じやけ》よ、都のお偉いさん方の膳に上るってか？）

越後の鮭、青苧《あおそ》、蝦夷地《えぞち》の昆布など北日本海の物産は、越前《えちぜん》から琵琶湖に入り、東坂本か大津で陸に上がり、馬借衆《ししわかたち》が、都へはこぶ。

その馬借の隣にいる白と黒の鱗《うろこ》模様の小袖をまとう白髪頭の馬借は、材木を二本、馬に引きずらせていた。

（飛騨《ひだ》、木曾《きそ》の木。都の御殿やでけえ寺の柱になるんだろうよ）

日本の中央地帯で伐《き》り出された材木は、美濃《みの》の馬借衆の手で琵琶湖の東、朝妻《あさづま》にはこばれる。当地で朝妻舟に乗った材木どもは東坂本か大津の材木宿を目指し、そこから畿内各所に売りさばかれる。米や材木、若狭《わかさ》経由で琵琶湖を南下してきた山陰の鉄、獅子若はあらゆる荷をはこんできた。

——そう。琵琶湖は富の湖だった。途方もない富が東坂本に集積された。こうした物流の段取り、何をどれだけ、何処から取り寄せるかを決め、舟や馬借を手配する業者が、問丸《といまる》だ。都の権力者たちの豪邸に入り切らぬ米や銭は湖に面した問丸の倉庫にあずけられる。一部の問丸は、それを運用し人々に貸しはじめる。——こうして生れたのが、金融業者・土倉《どそう》である。問丸にうずたかくつまれた米を発酵させれば、人々を心地よくさせる、ある飲み物が生れよう。酒屋が、ふえてゆく。

斯様《かよう》な、問丸、土倉、酒屋をいとなんでいるのが、堂衆や、日吉社に属する日吉神人と呼ばれる男たちだった。

前方から、曲げ物桶を頭上運搬する女が二人近づいてきて、すれ違った。

叡山が、近づいてきた。

その手前、石の鳥居が大きくなってくる。

石の鳥居の向うは、道の左右が松並木になっていて、並木と道の間に馬防柵《ばぼうさく》が置かれ、長大な馬場になっていた。

青い芝草が地表をおおい、規則正しく松が佇《たたず》む。

馬場の左右は堅牢《けんろう》な築地塀《ついじべい》に守られた豪壮な邸宅がずらりと立ち並んでいる。

青々しい庭木から、蟬《せみ》の啼《な》き声が聞こえた。ここは高僧たちの里坊、さらに清僧（生涯独身の僧）が苦手とするもっと実際的な分野――全山の経理や資産管理をおこなう、「山徒」と呼ばれる男たちの館が構えられている。

こういう言葉が、ある。

下僧《げそう》後に公人に成る、公人の息も御童子《ごどうじ》になれば中方《なかがた》（堂衆）と成る、中方の息も児になれば上方《かみがた》（山徒）と成る、下法師《しもほうし》も三代目には上方になるとは申せ共《ども》、中方には成れ共、上方に成る事は稀也《まれなり》。

かつて茶木大夫は言った。

『公家や武家の世界では、実力より血筋がものを言う。どれだけ実力がある男でも……自分より血筋がいいだけの、愚かで、非力な男に、つかえねばならぬ。じゃが、違う場所がある。……お前が今いる場所よ』

寺の下働きの男も、長くつとめれば公人になれる。公人の息子も上手くやれば堂衆になれる。堂衆の息子も山徒になる可能性がある。下働きの男でも、孫の代には山徒になれると言うけれど、堂衆になれても、山徒になることは稀である。

別名、無縁所と呼ばれた、寺社領。

この場所では、高い身分をもち学問や祈禱《きとう》に精を出す僧侶たちとは別に、寺の財務や警備をになう妻帯の男たちがいた。

『この男たちの中では、血筋よりも実力がものを言う』

無縁所では、力をたくわえたこういう男たちが清僧を圧迫する事態が、既に鎌倉時代に起きていた。何か僧たちに言われても、彼ら庶民出自の男たちは、寺で聞きかじった仏の教え「平等性智《びょうどうしょうち》」を根拠に徹底的に反論した。才覚さえあれば、どんな低い身分からものし上がれる空間を、彼らは築き上げた。

『もっとも大きな無縁所は、ここ。都の東北よ』

そこは一つの「共和国」と言ってよかった。

山上でおこなわれる三塔僉議《さんとうせんぎ》を中心とし、近江側の東坂本、京側の西坂本、二つの門前町をもち、琵琶湖の西、湖西地方に広がる田園地帯や幾多の漁村を包摂する、共和国。

それが叡山である。

自分の許ではたらくようになった獅子若に茶木大夫はおしえた。

『富をためた堂衆がのし上がったのが、山徒。大きな問丸をいとなんだり、いくつもの土倉に銭を出し、土倉を動かす影の主・土倉本主になったりしておる』

商業の時代である室町時代、延暦寺を牛耳っていたのは、住職、天台座主《てんだいざす》でも、その取り巻きの高僧たちでもない。山徒たちである。財力を背景とする山徒の意向に正規の僧たちは逆らえなくなっていた。

日本中世における叡山とは、何か。

筋骨隆々たる荒れた僧が、武装した奇怪《きっかい》な寺と考えると、我らは日本史の本質を永久《とわ》に見うしなう。大学であったろうか。山の上の清僧たちの世界を見れば、そう言えなくもないが、山徒、堂衆までふくめた全てではない。では、何か。

叡山とは、日本の首都、京都の――財界だった。

たとえば東坂本や西坂本の土倉は京にも出店していた。足利尊氏《あしかがたかうじ》が将軍であった頃、京には三百軒の土倉があったが、内二百四十軒は山門気風《さんもんきっぷ》（叡山系列）の土倉であった。

今、獅子若は、左様な山徒たち、大物の堂衆の家、高僧たちの里坊が立ち並ぶ一角を歩いている。石の鳥居の東（湖側）には、茶木大夫や獅子若、すなわち庶人や貧しき者が暮す。対して西（山の手）には、三塔僉議に出られる者たち、六十余州全体の物や銭の流れをあやつれる大銀行家、大資本家というべき大長者どもが暮している。

上林坊という札がかけられた邸宅の前で、獅子若は立ち止った。

石畳の街路は物静かで長い築地塀の向うには欅《けやき》や山桜の大樹がみとめられた。

（これが……大名山徒の屋敷か）

大名山徒――とりわけ巨大な富力をもつ山徒だ。

門前で佇んでいると、中から薙刀や弓をもった公人が三人現れる。

「貴様、何をしておる！」

「うろんな奴」

「ひっ捕らえい」

公人どもが恫喝する。

「伽耶様から呼ばれてな……」

文を出そうとするも、

「馬鹿な。伽耶様が、貴様なぞ呼ぶはずがなかろう！」

と、

「――何をしておる！」

中から出てきた明石が、

「この者は伽耶様の大切な客人《まろうど》。無体な真似《まね》は許さぬ」

邸内に、招じ入れられた。

門をくぐると、苔《こけ》むした奇岩がつみかさなって緑の山のようになっている。山上には、松やサザンカ、大紅葉《おおもみじ》やシャクナゲが、深緑の暗がりをなしている。

山をかこむ形で竜が棲《す》むような大池が青く広がっていた。広い庭園《にわ》である。風が吹くと、水にうつった庭木の一つ一つが、うねる緑の絵となって、目を楽しませる。

（こんな場所が……同じ町にあるのかよ。そういや、平五郎が言ってた。この町にきた将軍は山徒の屋敷に泊ると。それほど、豪勢な場所だと）

「伽耶様は、獅子若殿と会うのを、ことのほか楽しみにしておられる」

明石が、謎めいた微笑を浮かべた。

「何であの姫様は、俺なんか……」

「それは御本人にたしかめられるがよい」

蟬時雨《しぐれ》がこだまする庭の奥に、厩が見えてきた。

「伽耶様はあちらにおられる。それにしても、獅子若殿……」

「何だ」

明石は訝しむように睫毛《まつげ》を伏せ、穴が開いたボロ衣を見やる。

「わたしは着替える暇は十二分にあたえたはずですが」

「あいにく、一張羅でね。着替えようにも替えがねえんだ」

「………」

厩が、近づいてくる。

伽耶の姿が視界に飛び込んでくる。伽耶は水色の小袖に白い襷《たすき》をかけ、飼葉桶に青草をはこんでいる。

「伽耶様は大の馬好きで、ご自身で馬の世話をされます。上林坊様はそのようなことは下男にやらせればよいと言うのですが……」

「ほう」

庭木を飛び立った蟬が獅子若の上空を飛び、尿《いばり》を引っかけてくる。陰暦では六月下旬だが、陽暦では八月中旬。夏の盛りだ。

「獅子若……」

伽耶は、少し上気した顔に浮かんだ汗を、白い手でぬぐいながら近づいてきた。

花が咲いたような笑顔であった。

「きてくれたのでおりゃるか」

齢は自分より少し下か。みずみずしさがややほころんで、熟したようなやわらかさが醸される。そんな、年頃の、娘だ。

「従者《ずさ》がうるさく申すゆえ三津浜に長居できなかったのじゃ。印地は、どうであった？」

「勝ちました」

ぶっきらぼうに、言った。

伽耶は目を輝かせた。

「そうか。良かった。だけど、そなたは勝つと思っていたのでおじゃろう？」

「そういう訳ではありませんが……」

伽耶の赤い唇に孕まれていた笑みが収縮している。真剣な瞳が、こちらを見つめた。

「金剛丸の仲間は？」

「あの後、何も言ってこねえ……言ってきません。まあ、言ってきたって同じですよ」

「たのもしい言い条でおりゃった。のう、明石」

「物には程があるもの……と言いますが、この御仁の口から出ると、根も葉もなき自慢話には思えません」

獅子若の大きな体をそっと眺めながら、明石は分析する。

「うむ。さればでおりゃる。獅子若、そなた、も少し、作法というものを覚え、すがすがしき小袖や刀をそろえれば……なかなか風采よろしき若侍になれるでおじゃろう」

「作法？　あまり必要を感じねえな」

　率直に答えた。

「何ゆえか？」

　伽耶は、訝しむ。

「俺は馬借。馬の世話をし、荷を誰かにとどける者。お偉いさん方の許に、荷をとどける場合もあるが、話をまとめるのは大抵、茶木大夫だ。茶木大夫がいなくなりゃぁ平五郎がやるだろう」

　伽耶は半分くらいしかわかっていないようだが、幾度もうなずきながら話を聞いていた。

「だから、俺には、作法なんていらねえ。俺は馬借って稼業が好きだし、何より誇りをもってる。武士になりてえって気持ちは、特にないんでね」

　武士へのあこがれは——正直な処あった。伽耶の声調から、この屋敷の若党になる道が開けそうであったが、獅子若は自らそれを遮断した。

　獅子若の胸中では、茶木大夫への恩を返し足りない、茶木大夫の許でまだ馬借としてはたらきたい、そういう思いが強いのだ。

「……わかった。そなたに、見てほしい馬がおる」

伽耶は少し残念そうだったが、はにかむような笑みで誤魔化し厩舎へ案内《あない》する。

厩の中では虻《あぶ》や蝿《はえ》が外から差し込む日差しに愛撫され、白く瞬きながらたゆたっていた。

一頭一頭、区切られた、上林坊の厩。数頭の駒が、つながれている。

軍用にたえ得る牡馬《ぼば》だ。

茶木大夫の厩は、牝馬《ひんば》を中心とし、そこにいろいろな理由で戦に出せない牡馬がくわわる。だが、ここは、牡馬中心であった。つまり武家の厩と同じ光景だ。

もっとも奥に、その馬は、いた。

「ほう……一頭だけ、牝《めす》がいるのか」

その馬は、立ち並ぶ牡馬たちを凌駕《りようが》する立派な体格をしていた。毛並みは鹿毛《かげ》。すなわち、茶色だ。

「春風《はるかぜ》という。さる大名家から、父上に下げ渡されたものでおりゃる」

通常、大名は牡馬にまたがるが、特別に力がある牝馬がいれば、騎乗する。

「これは立派な馬だな。このでかさは南部《なんぶ》馬か。大名がまたがるのも、わかる」

伽耶が首を縦に振る。

「春風だけ、つながれていねんだな？」

茶木大夫の厩では馬を柱につないでいるが、上林坊の厩では馬の胴部に天井から垂れた縄が巻かれていた。馬の脚を痛めぬための措置で、この時代にはよく見られるやり方だ。

他の馬たちは総じて天井とつながれている。

ところが、春風だけは自由であった。

茶色い大馬、春風は今、馬房の奥に体を横向きに、顔だけこちらにむける形で立ち、両耳を後ろに伏せていた。

（警戒してやがる）

「春風は嫌がるのじゃ」

馬好きはまことであろう。伽耶は真摯な面差しで、春風を見据えていた。獅子若はふと、この生れも育ちも違う娘と一頭の馬を種に厩で語らっていることが、一種の白日夢でないかと思った。

伽耶は白いかんばせを、他の馬たちにむけている。

「また、春風は……この中から夫をさがそうともせぬ」

「そういう処を俺に治せというのか？」

「問題は、もっと深刻です」

ずっと黙していた明石の唇が、開く。

「春風は誰も乗せようとしないのです。二月《ふたつき》前から。それまでは、伽耶様も御父君《ごふくん》も背中に乗せていたのに……」

「ほう」

自分について語られていると察したのか、春風が片耳をくるくるまわす。まわしながらくしゃみをしたものだから、接近していた虻が驚いて逃げて行った。

「乗ろうとしても——すっと、逃げる。襲おうとしたりはせぬ。ただ、すっと逃げるのじゃ」

静かなる悍馬《かんば》、と言えよう。

「前の飼い主、すなわちさる大名家にいた時、春風は一度戦に出たそうです。ただ、それ以降……その大名の厩から出ることはなくなった。人を、蹴ったりはしませぬ。ただ、外に出ることをこばむのです。無理矢理、外に出しても、もどろうとする。走力、体力共に稀代《きたい》の名馬だが、戦に出られぬなら置いておく意味がないということで……当家に下げ渡されたのです」

明石が、つけ足す。

「この屋敷にきて、しばらくは厩から出たんだな？」

伽耶は首肯した。

「獅子若……そなたの力でどうか、元の春風に、もどしておくりゃれ」

「人に乱暴はしねえが、てめえが納得できねえ命令には静かに抵抗しつづける馬か。お前、面白えな」

殺伐とした気をまとう獅子若が久しぶりに見せた、無邪気で明るい笑顔だった。

獅子若は横木に手をかける。

春風は今や馬房のもっとも奥、板戸に側胴部をふれさせんばかりになっていた。外に出す時は、この板戸を、開ける。百姓家や茶木大夫の厩の床は堆肥《たいひ》をつくるため干し草や馬糞が堆積しているが、此処は違う。板の床で、汚物は綺麗《きれい》に掃かれている。

「二月前に変ったことは？」

「……特に……何も……」

いろいろな思いがつまらせた伽耶の言い方だった。獅子若は、小さく首をかしげるも、声を出さず、ただじっと、伽耶を見つめた。

伽耶は獅子若の強い眼力を前に観念し、呟いた。

「この伽耶が……言うことを聞かぬ他の馬を……鞭で殴った。幾度も殴った。その時からでおりゃる。春風が、伽耶も、伽耶の家の者も、乗せようとしないのは」

「なるほど」

獅子若はしばし無言で春風を眺めていた。春風の底澄みした睛眸《せいぼう》も獅子若を真っ直ぐにとらえている。

「治してくれるか？　獅子若」

「わからねえ。こいつと、さしで話をさせてくんねえか？」

静かにうながした。

女二人が、厩をはなれる。春風とむき合った獅子若は、微笑した。

「おめえはあれだな、春風、本当に他の馬が殺されたり、打たれたり、血ぃ流したり、苦しんだりするのを見るのが、嫌なんだな。嫌で嫌で、たまんねえんだな？」

春風は、微動だにしない。ただじっと獅子若を正視し、いかなる男であるか、見極めようとしているようだった。

獅子若は横木をまたぐと、ゆっくり馬房に入る。

巨漢が居住区域に侵入するのを見た春風は茶色い胴体をぶるっとふるわせる。

日本馬は、総じて、小さい。体高一四七センチメートル以下の馬をポニーというが、大抵の日本馬はポニーの範疇《はんちゅう》におさまる。

南部馬はその日本馬の中では大柄な部類で、ポニーにおさまらない個体もいた。陸奥《むつ》国の雄渾《ゆうこん》なる原野でそだつこの馬の特徴は、どの馬より頑健な体をもっていて、辛抱強く、そして心優しい処だろう。

春風は南部馬のやさしい気質が取り分け強く出た馬であるらしい。あまりにもやさしすぎて、人間の振る舞いに納得できない処があり、しぶとく抵抗するのだろう。

獅子若が一歩踏み出すと、春風は左右の耳を交互にぴくぴく動かした。

一旦、身を引き、穏和な相好で、春風を眺める。

「だけどお前は、お前を鞭打つ人間《ひと》を襲うのも嫌な訳だ。お前が本気を出したら、そいつの血が流れる。……だろ？」

春風がかすかに首をひねる。

「やさしい奴だな。お前。——本気で惚《ほ》れちまいそうだぜ、春風」

ヴハッ——！

荒く、息を吐く。

手を差し出してみた。春風は反応をしめさない。ただじっと獅子若を黙視している。

獅子若が、ゆっくりと、近づく。

すると春風は、茶色い、温風となり、横木の方へまわり込む。

（大きな体に似合わず、本当にすばしっこい。……気に入ったぜ）

威嚇せぬよう、ゆっくり手を差し出しながら横木に近づくと、春風は逃げるように、板戸の方にまわった。しかし、春風の澄み切った黒色《こくしょく》の眼球には、自分への微弱な関心も加味された気がする。

（今日長居すると——せっかく引き起されたその気持ちが、消えちまうかもしれねえ）

馬は人を信頼するか、力で制圧されるかしなければ、言うことを聞かない。獅子若にこの馬を力で押さえつける気はなかった。それは、茶木大夫にさずけられ、彼が大事にしている信条とは違う。獅子若は荒ぶる若者たちがあつまる印地には出るけれど、弱い者を蹂躙《じゅうりん》したり、人間に何も言い返せない馬に暴力を振るったりするのは、虫唾《むしず》が走るくらい嫌であった。

茶木大夫に相談した方がいい気がした。

「また、くるぜ」

獅子若は馬房から出る。横木から褐色の顔を突き出し見送る春風を、背後に感じた。

富ヶ崎——馬借が多く住む街区で湖の荷揚げ場に近い——にもどった獅子若は、空っぽになった馬房を清めていた茶木大夫に、伽耶に春風の治療を頼まれ、それについては手当を出すと約束されたことを話した。

茶木大夫は、

「今は手が足りておるゆえ、何日かはそれに専念するがよかろう。ふと思ったのじゃが……」

肥搔《こえかき》をにぎる手が止る。

「春風という馬は、命を大切にする馬なのじゃ。他の馬を鞭で叩くのを見て、伽耶殿といったか……その姫君が命を大切にしない者だと思い、指示を聞かなくなった……」

「俺もそう思う。茶木大夫は、どうすればいいと？」

「ううむ」

刀傷が目立つ面貌には、玉の汗が浮いている。その顔がしかめられる。

「お前が……命を大事にする者だと、春風が信じれば、言うことを聞いてくれるかもしれん」

鉄でできた肥掻の二本爪が再び動き出す。

厩で飛び交っていた蠅や虻が、獅子若にぶつかる。獅子若の巨体も汗ばんでいた。

「……うむ。一計を案じたぞ」

茶木大夫は、上手くいくかどうかは請け合えぬ、と前置きした上で、獅子若に知恵をさずけ、

「ただ、あまり深入りせぬことじゃな。伽耶殿は妾腹《しょうふく》じゃが、上林坊殿の他の御子《おこ》は皆、男子であるゆえ、猫可愛《ねこかわい》がりされておると聞く。上林坊栄覚《えいがく》殿……恐るべき御仁じゃ」

「………」

「下法師から山徒になるまで、三代かかる、という話は知っておろう？」

「なれる奴もいるが、なれねえ奴も多い。夢みてえな話さ」

底知れぬ暗い渦が獅子若の双眸《そうぼう》で巻いていた。

「――勿論。ただ、そうした夢をかなえた者が一握りだがいるのは事実。お前のお袋殿も、お前に、その夢をかなえさせたいと思い、そうした夢が全くない美濃の国をすて、この近江にこられた」

「…………」

「三代で山徒になれれば上出来だが二代でなられた御仁がおる。上林坊殿じゃ」

上林坊栄覚の父は、越前の貧農であった。飢饉《ききん》で、村が、壊滅した。五歳の栄覚をつれた父は――三代かけて成功してやる、という夢をもち、近江に移住、公人になった。栄覚は九歳でさる堂衆の許に修行に出されている。

並々ならぬ才気があったのであろう。

その堂衆の娘を射止めた栄覚は、婿におさまった。そこからが栄覚の凄まじい処であった。土倉や問丸を手掛けて、悉く《ことごと》成功、巨万の富をたくわえた。天台座主に気に入られて山徒になった。都の米相場を動かして、僅か一夜にして資産を倍にふやし、ほんの一握りの成功者――大名山徒と呼ばれるまでにのし上がった。

「今では花の御所、細川《ほそかわ》様、赤松《あかまつ》様などの諸大名、公家衆も……上林坊殿から、金銀をかりておる。上林坊殿の意志が、三塔僉議を動かす、すなわち、山門全体を動かすと言われておる。ただ、それほどの成功の陰にいろいろな噂《うわさ》がある御方《おかた》」

「俺はそうした噂を聞いたことがなかった」

「上林坊殿はご自身の噂が衆口に上るのを極端に嫌う。目立つことをことのほか、嫌われる御方なのじゃ。たとえば、三塔僉議を彼が動かしているとわしは申した。だが、上林坊殿は三塔僉議の場で何も言わぬ。……ずっと黙っておるのじゃ。彼から金をかりた高僧たちの口から、自分の言葉を言わせ、僉議を意のままにあやつってしまう」

「……………」

「お前のためを思って言う。伽耶殿に、近づきすぎるな。上林坊殿に気をつけよ――」

相当な質量を込めた声で、茶木大夫は語った。

翌日、獅子若は伽耶の屋敷にむかった。子牛を一頭つれている。昨日とは打って変って、公人たちに咎められず、邸内に入れた。

真夏の日差しをやわらげる仙境に似た涼しい庭を通り厩へむかう。

伽耶は厩の前で、白い越後上布の小袖をもってまっていた。

苧《からむし》というのは庶民の衣の素材になる山草で、富者は普段、絹をまとう。が、富者が苧をまとう季節があった。――夏だ。品質がよい苧は絹よりも涼しく着心地がさっぱりしているからだ。その高値で取引される最良の苧こそ越後上布であり、今、伽耶が手にしているのは、白い越後上布に黒い亀甲模様が入った小袖だった。

「春風を治したら、これをそなたにやる。褒美でおりゃる」

伽耶と明石、そして子牛をともない、厩に向かった獅子若は、春風の前に立つ。

鹿毛の南部馬――春風は相変らず厩の奥に佇んでいた。獅子若は、子牛をつれ、馬房に入る。

途端に春風は子牛に興味をしめし、こちらをじっと見つめる。だが、獅子若への警戒が勝り、奥から出てこようとはしない。

茶木大夫は、言っていた。

『馬は牛が好きじゃ。馬の隣に牛を入れておくとな、種族は違うが、友になる。共にそだった牛と引き離されると馬は泣く。悲しくて、泣く。それくらい馬の愛情は深い』

春風が見せた変化に伽耶と明石、二人の女が相貌をほころばす。

春風は手強い。女たちが溢《あふ》れさせた希望が警戒をさらに掻き立てたらしく、さも興味がないといった風情で、長い顔をそらした。

そんな春風の挙動に一切構わず獅子若は、自分の大きな背中をつかって春風の視線から子牛を隠すと、横木の近くで黒々とした子牛の毛を、ゆっくり撫《な》ではじめた。

微弱な視線を背に感じる。

(見ていやがるな春風)

獅子若は春風を無視し、口笛を吹いて子牛を、愛撫しつづけた。

春風が、くぐもったような鳴き声を発する。

嘆願の情が込められた声だった。

獅子若は、毫《ごう》も反応をしめさぬ。

牛を春風から隠しつづける。

少しずつ春風が近づいてきたのを獅子若の背は感じている。

厩舎にしみついた温かい草の香りの中、獅子若はかまわずにさすりつづけた。

背中が二度、春風の鼻先でつつかれる。

獅子若は、そこで体を動かし、子牛が少しだけ見えるようにした。春風が臭いをかごうと鼻を突き出す。子牛も小さく鳴きながら鼻を近づける。春風は自分の子供にそそぐような慈愛を込めて、子牛の黒い体を舐めはじめた。満悦につつまれた子牛は、春風に、小さい体を、こすりつける。

獅子若はゆっくりと春風の顔に手をのばした。

面に、ふれる。

春風はピクリと耳をふるわせる。が、逃げようとしない。

(ふれることさえできれば、こいつに乗れる)

伽耶に顔を振り、ゆっくり首肯しながら、頬から平頸《ひらくび》にかけて撫でる。その間、獅子若はずっと春風に囁《ささや》きつづけた。茶木大夫におしえてもらった唄のようなもので、言葉にはなっていない。坂本馬借に古くから伝わる馬を落ち着かせる呪《まじな》いだった。

伽耶が近づこうとするが——獅子若は、目で、止める。

（まだ早い）

あまりいそぐと、獅子若がせっかくきずきつつある信頼を、砕いてしまう恐れがあるからだ。

『子牛というか弱い生き物を、お主が愛《め》でる姿を見せることで……春風は敵でないと、理屈抜きで思ってくれるのではないか』

茶木大夫は昨日、語った。


半刻《はんとき》後、上林坊の馬場で、春風を小走りさせている獅子若の姿があった。またがりながら、獅子若は、この馬の琵琶股《もも》や芭蕉《ばしょう》——すなわち、後ろ脚の上で躍動する筋肉の美しさや、澄明《ちょうめい》な瞳、耳と耳の間の山間《やまあい》と呼ばれる場所に黒くふさふさと茂った毛の艶やかさなどに、心惹かれている。

（こいつが、ほしくなりそうだ）

ふと、こちらを見つめる伽耶の視線に、気づく。

まだ騎乗していない伽耶は馬場の一隅で満足げな表情を浮かべていた。彼女の双眼は、走りはじめた春風でなく獅子若をとらえていた。

（伽耶に、乗ってもらうのは、何日か後だろう）

叡山から吹き下す山風に伽耶は黒い垂髪《たれがみ》をなびかせる。急に、寂しそうな笑みを浮かべて、獅子若を見つめた。

「今日はこの辺りにしておこう」

伽耶に告げた獅子若は、下馬する。

春風を厩にもどすべく引き手綱《たづな》を引っ張りつつ母屋の近くまできた時、幾人もの家来をつれ美服を着た男が庭に出てきた。

(——何つう眼光《めつき》の男だよ)

盤古《ばんこ》の巌か、鉄山が、腹の中にどんと据わっていて、そこから気がにじみ出ている類の男であった。短軀で齢《よわい》六十をこすか。が、その分厚い貫禄に獅子若は圧倒される。

「父上」

伽耶が近づく。

(てことは、これが上林坊栄覚——)

姿は法体《ほってい》だが、体からにじみ出る気は生臭《なまぐさ》すぎて到底、坊主には見えぬ。目付き、動き、一つ一つが、清僧とは異質な空間、もっとひりひりした時間《とき》を生きてきた過去を、雄弁に語っていた。

片腕がない。

伽耶によれば若い頃に喧嘩で斬り落とされたが九死に一生を得たという。のこされた左腕は、逞しく、黒漆をたっぷり塗った野太い杖《つえ》をにぎっている。

小石でも見るような目で、栄覚は獅子若を眺めていた。

伽耶は父に、獅子若が春風を立ち直らせたこと、自分が春風に乗るにはまだ少し時間がかかること、馬の扱いになれた獅子若に馬術をおそわりたい旨をつたえた。

馬術云々《うんぬん》は今はじめて出てきた話だが、獅子若は伽耶に興味を覚えはじめていたし、それ以上に、春風に離れがたき感情《もの》を感じていたから、口を挟まぬ。

つまり茶木大夫の忠告は何処かへ飛んでいる。

「ご苦労であったな。……褒美じゃ」

栄覚は、扇を渡す。さらに、

「この獅子若という者に、砂金を一摑《つか》みあたえよ」

小者を、走らせるや、栄覚は獅子若を忘れたように側近に顔をむけ、

「赤松殿の件じゃが……そなた、播磨《はりま》に走り、稲の実り具合を見て参れ。播州《ばんしゅう》の年貢が今年、無事におさめられそうか否か、たしかめてくるのじゃ。その答が出るまで赤松家の話は留めおけ。赤松の者には……」

息子たち、家来どもに、細やかに下知《げち》しながら、遠ざかって行った。

(何だかよ――人当りが、よくねえ爺さんだぜ)

富ヶ崎にもどると、受け取った砂金を茶木大夫に渡そうとした。

「お前がもらったものじゃ。とっておけ」

「そうは、いかねえ。子牛の知恵がなけりゃ俺は……」

「では、お前が本当に困った日のために、わしがあずかっておく。上布と扇はお前がつかえ。それでよいか？」

翌々日、伽耶は春風にまたがることができた。獅子若の予想より、早い。元々勘がよい娘なのだ。

「もっと、上手な乗り手になりたい」

伽耶は馬上で笑う。

「どれくらい上手に？」

「街道は馬で走れる。道なき場所は苦手……。山の中を、馬で行くくらい上手くなりたいのでおりゃる」

「まだ、むずかしいだろう」

「なかなか（そうでしょう）。獅子若、おしえておくりゃれ」

伽耶は赤面しながらたのむ。上布の小袖を着た獅子若は、一段と男ぶりが上がっている。

「ああ。なら、そこの日吉馬場で稽古しよう。目と鼻の先だ。あんたも、叱られねえだろう」

日吉馬場は石の鳥居の西から叡山にむかって真っ直ぐにのびた長大な馬場である。東坂本の有徳人《うとくじん》たちが住む瀟洒《しようしや》な一角を、直線的に貫く馬場だった。

「——嫌」

伽耶は頭《かぶり》を振る。

「近すぎて……嫌じゃ。松の馬場でおしえてたもれ」

松の馬場——東坂本の南外れにつくられた馬場で、見事な松並木にはさまれていた。

松の馬場の南には畑や野原が広がっている。少し茶色っぽい瞳が、獅子若を直視し、

「明石や若党をつれて行けば、大丈夫じゃ」

「……いいだろう」

伽耶は春風に、獅子若は月毛の駒にまたがり、明石と二人の若党は徒歩《かち》で出立する。

松の馬場に着くと、馬を走らせる土の道は乾いていた。地表に、油蟬の悲愴《ひそう》な声がしみ込んでいく。馬場の両側には松が高々とそびえていた。

北側は、いかにも、郊外地という雰囲気だ。痩せた半裸の男がはたらく草鞋《わらじ》作りの工房、百姓家、小川の水をつかって女たちが声高に作業する紙漉《かみす》き屋などが、立ち並ぶ。

南側は数軒の民屋、萵苣《ちしや》や瓜《うり》の畑、深き草地が広がっていた。菜畑では裸足《はだし》の百姓女や子供が歌いながら収穫していた。

伽耶と獅子若は四半刻ほど、松の馬場で馬を走らせる。

と、鬼ごっこをしていた紙漉き屋の童が、馬場に入り込み、疾走する二頭の前に飛び出す。

驚いた春風は高く嘶《いなな》く。悲鳴を上げる伽耶を乗せたまま、南側の柵をふわりと飛び越え、萵苣の畑に突っ込んだ。

「伽耶っ！　春風ぇっ」

獅子若も急いで手綱を横に切り馬を跳躍させる。

柵を、跳んだ。

萵苣畑に入った。

「伽耶様っ、伽耶様ぁ」

青ざめた明石と若党たちも畑を目指す。

伽耶を乗せた春風は、茫然《ぼうぜん》とする百姓たちの前を突っ切って深草の原に駆け込んだ。

人間の背をこす、青い荻原《おぎはら》である。

所々にクヌギが突っ立ち、その梢《こずえ》で油蟬が啼きわめき、イバラの茂みも混じり込む。

たとえば、草に隠れた倒木に春風が足を取られて転び、伽耶がイバラの藪《やぶ》に放り出される、という事故が起きかねぬ。

獅子若は夢中で月毛を荻原に突っ込ませる。

背が高い草どもが、バサバサと、馬体を打つ。獅子若の両脚を叩く。

「伽耶ぁ！」

「きゃっ」

伽耶の小さい叫びが聞こえ、獅子若の血が凍《い》てつく。

急いで、馬から降りる。

獅子若すら隠すほどそだった青い荻どもが風になびき、濁流になって襲いかかっている。

獅子若は、荒い音を立てて、荻を押し倒し、へし折り、叫んだ娘をさがした。

草壁を、掻き分ける。

春風が視界に飛び込んできた。伽耶は、いない。ただ春風だけがクヌギに巻きついた葛《くず》の葉を夢中で食べていた。

「伽……」

誰かが、腰に抱きついた――。深草に隠れていた伽耶である。

「怪我はないか？」

夢中で伽耶の細腕をつかむ。伽耶は、いかにも心地良さそうな顔で、

「葛を見かけたら、立ち止ったのじゃ。葛は、春風の好物。そなたがいかなる顔をするか見たくて、叫んだのでおりゃるよ」

「驚かすな」

四囲の青草は見つめ合う二人をすっぽりつつむほど背が高い。灼熱の日差しが、降りそそいでいた。

女の瞳に吸い込まれそうな己に気づく。

二人はどちらからともなく、夢中で、唇を吸い合った。獅子若の逞しい腕はいつの間にか伽耶を堅く抱きしめていた。下腹に、小袖越しに伽耶の体温がつたわってくる。心地良さが、腰を中心に渦状に押しよせてきて、獅子若は、自身を、伽耶の太腿《ふともも》にこすりつける。

刹那、

「伽耶様！　伽耶様ぁ」

明石の叫び声が、した。

二人は唾の糸を引きながら顔をはなす。赤く茹《ゆ》だったような面を無言でむけ合った。

伽耶は身を投げ出すように、獅子若の厚い胸に顔を埋《うず》める。そして低い声で、

「父上は……山門使節《さんもんしせつ》になろうとしておる」

山門使節――叡山の「室町幕府担当」と言うべき役人で、幕府から叡山に舞い込む様々な事業を統括。その権限は、絶大であった。

「山門使節は円明坊《えんめいぼう》、南岸坊《なんがんぼう》など世襲の山徒の家しかなれぬが……父上はそこに食い込

もうとしておる。そのために伽耶を……幕府山門奉行の御子息か、それに近い家に嫁がせようとしておるのでおりゃる」

「………」

「顔も知らぬ相手に嫁ぐ前に、本気の恋を一度してみたいのじゃ」

明石らが近づいてくる気配がある。伽耶を抱く力を強める。――それが返事であった。

伽耶も、察した。

「明日ここで、会おう。嫁ぐ前に、そなたと遠くへ野駆けしたい。明石は上手く言いくるめるゆえ」

明日、上林坊は京に行く用事があり、不在になるのだという。首を縦に振り刻限を決めた処で明石の声がいよいよ大きくなってきたゆえ二人は急いで体をはなした。


翌日、獅子若は茶木大夫の所でつかっている栗毛の馬にまたがり、約束の草原にむかう。鹿毛は土を思わせる少し焦げ色がついた茶色だが、栗毛は栗の実の表面に似た若干黄色がかった褐色である。

（茶木大夫にも、平五郎にも話せねえよ。……伽耶とした約束はよ）

同じ頃――。

上林坊栄覚は京を目指す途中、面会するはずだった幕府要人の急使に出くわしていた。

急遽《きゆうきよ》、幕閣で相談せねばならぬ案件が出たため予定を延引《のば》したいという。

「……わかりました。おい、お前たち、もどるぞ」

双眸から、ギロリ、と凄気《せいき》が発せられる。供をしていた堂衆、武装した公人衆が、一斉に向きを変えた。

東坂本にもどった栄覚は伽耶に土産《みやげ》でも買っていってやろうと思い、真っ直ぐ屋敷にもどらず餅屋に入る。

餅屋道清《どうせい》というこの店は、いろいろの菓子もつくっていて、茶を喫しながらそれらを食せる。餅屋道清で、栄覚は、ばったり明石に出くわした。

「何をしておる？　伽耶は、どうしたのじゃ？」

明石に栄覚が、厳しい目で問いかける。

明石はしどろもどろになった。

実は、少し前、下女に扮《ふん》した伽耶は、明石をともない、春風を馬医に見せに行くと言って、屋敷を出た。当然、若党は同道せぬ。栄覚がいない上林坊はいつもより緊張を欠いていたため、二人は無事、屋敷から出られた。

当初、渋っていた明石だが伽耶の再三の説得に負け、今や完全なる共犯者になっている。

「伽耶は何処《いずこ》か？」

嘘《うそ》の楼閣を守るためには、さらに嘘を発展させ、嘘の王国の領土を広げてゆくしかない訳だが、それは実にぼろが出やすい作業で、栄覚は些《いささ》かの綻びも見逃さぬ男であると、明石は知っていた。

観念した明石は、洗いざらい白状した。

「――痴《し》れ者めっ！」

怒気で店内に立ち込めていた香ばしい気が、歪む。

左手でにぎった黒漆塗の杖が躍動する――。見世棚がぶっ叩かれ、色とりどりの餅どもがふためき飛んだ。

「この、女郎《めろう》っ！」

杖で、明石を、指す。

「伽耶が無事もどらねば、うぬは斬る。無事もどっても追放じゃ。いそぎ、娘をつれもどせ。獅子若と言ったか？　あの痴れ者を我が眼前につれてまいれ！」

油蟬の焦げた啼き声がひびいていた。下馬した獅子若を、深草が隠していた。背が高い荻を、栗毛の馬は無心に食していた。犬歯で葉を千切り、奥歯ですり潰して呑む。馬は消化力が弱いため、日に何度も小分けして食う。体調が悪くても食べてしまう。そのため放っておけば、いつでも口を動かしている印象がある。

伽耶に深入りするな、上林坊に気をつけよ、と茶木大夫は警告していた。だが三年連続印地で頂点を極め、金剛丸とのケジメもつけ、伽耶によって社会の上層にも出入りするようになった獅子若は己を過信していた。

その過信と、伽耶がもつ魅力が、警戒心を鈍らせている。

荻がつくる緑色の隠れ家の中、獅子若は伽耶を待った。

四半刻ほど経ったろうか。降りそそぐ日差しに眩暈《めまい》を覚えた獅子若が、首に流れる汗をぬぐった時である。

誰かが近づいてくる気配があった。

(——伽耶か)

だが、気配は複数ある。

本能的に危機を感知した獅子若は懐に隠した金礫に手をのばす。

刹那——風を切る音がして、荻をへしおりながら、薙刀が襲いかかってきた。

後ろに、大きく、跳ぶ。

栗毛が高く嘶いた。背後にも敵が隠れていたようだ。草中で、風が起き、赤い衝撃が、獅子若の後頭部に走った。後ろにいた敵に棍棒《こんぼう》か何かで殴られたようだ。

全身がぐらつく。が、まだ意識は飛ばぬ。膝をつくも何とか起き上がった。

涎《よだれ》が垂れる。瞳孔に入った砂が痛い。

間髪いれず、幾人もの足に蹴られ、複数の棍棒に、ぶちのめされる。

意識が飛ぶ寸前、強烈な日差し、まわる草、男どもの下卑た笑い声が、自分にぶつかってくる気がした――。

どれくらい眠っていたろう。

獅子若は闇の中にいた。目を開けようにも開けられない。

闇が、灰色の靄《もや》に変ってゆく。

その靄の中で泣きじゃくる娘の声が聞こえた。伽耶の声であるらしいと思った時、目が開いた。

「どうか――死罪を一等減じて下さい！　悪いのは、伽耶なのです。父上がこの者をお斬りになったら……わたしは父上を一生恨みます」

伽耶が懇願している。

獅子若は自分が栄覚の屋敷に引き据えられ――死の縁に立たされていることを、知った。伽耶も途中でつかまったのであろう。

栄覚の黒杖《こくじょう》が、縄でしばられた獅子若の顎に振り下される。

「明石は追放。この男は、百叩きの上、山門領生涯出入り禁止、とする。湖西の地で、うぬを見かけたら……殺すぞ」

公人が、

「身元引受人が参りました」

その時、強い風が吹いて砂塵が邸内を襲った。痛む首を後ろにひねった獅子若は、見慣れた袴《はかま》が砂埃《すなぼこり》にまとわりつかれながらこちらに近づいてくるのを、みとめる。継ぎ当てだらけの袴だ。あたらしい袴を買っても、若い衆の袴がくたくたになっているのを見ると、自分のをあたえてしまうため、古い継ぎ当てだらけの袴をはいているのだった。

（……茶木大夫）

傷ついた自分をもっとも見られたくない男だった。

「六人之党首の一人、茶木大夫にござる」

茶木大夫が獅子若の横にひざまずく。

「存じておる」

栄覚は厳しい声で、獅子若の罪と、刑罰をつたえた。俄《にわ》かに立ち上がった茶木大夫が
――獅子若の脇腹を二度、蹴る。茶木大夫は大きく、速く、動いたが、内臓に衝撃を与えないよう加減したことが、蹴られた獅子若にはわかった。

茶木大夫は言った。

「上林坊様！　この者はそれがしの方からもきつく仕置しておきます。さらにこの茶木大夫、上林坊様の御用を一年間、無償でつとめさせていただきます。されば……百叩き

を半分の五十叩きに減じていただきたい」

「百叩きは、途中で死ぬ者が多い。この者を死なせたくないがゆえの言い条と見た。見上げた親方ぶりじゃが……茶木大夫、あいにく馬借は足りておる。そなたにたのむ仕事はない。——やれ。百回叩け！」

打擲《ちょうちゃく》は、厩の前で、実行され、取り分け太い棍棒が、つかわれた。

初めの十回は栄覚自らが屈強な左腕で叩き、九十回は髭面《ひげづら》の大男が叩いた。

七十回叩かれた処で再び獅子若は気をうしなった——。


（……馬の背に揺られている？）

星空の下、目覚めた獅子若は直感的にそう思った。

全身を痛みが襲っていて、体中が悲鳴を上げている。左から吹いてくる鳰の浦風の、やさしい湿り気が、全身の傷に心地良かった。

「目が覚めたか、獅子若。お前が叩かれている間中、この馬は騒いでおったぞ」

すぐ傍らで茶木大夫の声がする。

（春風のことか。てことは、今、春風の背に揺られているのか）

一部始終を目睹《もくと》していた馬借の親玉は、

「ひどい怪我じゃが……命拾いしたの。殺されてもおかしくなかった」

「俺は今……」

「大津にむかっておる。西大津は、寺門の領土じゃ。東大津は山門領じゃが」

西大津は叡山と対立する——三井寺《みいでら》の領土であり、東大津は叡山領だった。

「取りあえず、今日中に叡山領を出ねばならぬため、西大津がよいと思った。町を出た所で血止め草を塗っておいたが、不十分じゃ。わしが知る、藤次《とうじ》という男の家にお前を入れる。藤次の家で、ゆっくり怪我を治すことじゃ」

「……かたじけない」

轡《くつわ》を引き徒歩《かち》で夜道を行く茶木大夫は深く溜息《ためいき》をついている。

「わしの忠告を聞かぬからこうなる」

怒っているというよりは、憤怒《ふんぬ》をぶつけられた若者をなぐさめるような言い方だった。

「……平五郎は？」

問うた声に、血がからまった気がする。問いつつも獅子若は、今、平五郎がいなくてよかった、茶木大夫にくわえて平五郎までいたら、自分のみじめさが増幅されてしまう、と感じた。

「丹波《たんば》までの仕事じゃ。明日までもどらぬ」

「……そうだった」

刹那、獅子若は歯ぎしりした。痛みと共に自分を打ち据えた栄覚の鬼の形相が伽耶の泣き声と共に鮮烈に胸を駆け抜けたのだ。どす黒い憤りの汁が、内臓から、したたり落ちそうになる。

「お前が痛めつけられるのを見た春風は、もう二度とあの屋敷の者の下知にはしたがうまい。だからわしは、こいつを、もらってきた」

茶木大夫が、言った。

「………」

「もっとも初めは先方も渋った。だが、伽耶殿が頼み込み、傷ついたお前が一刻も早く山門領から出るにも馬が必要と説くと、上林坊殿は首を縦に振った」

獅子若の唇に伽耶のやわらかい唇の感触がよみがえる。自信にみちていた昨日の自分と今をくらべてしまい、みじめさが余計に重くのしかかってきた。

「あの金子《きんす》じゃが——当面わしがあずかっておく。今のお前は、博打《ばくち》や酒などにあの金をつかってしまうだろう。お前は現在《いま》、本当に困ってはおらぬ。

怒りに突き動かされておるだけじゃ」

茶木大夫が口にした処で獅子若は再び昏睡《こんすい》した。

ふと視線を湖に走らせた茶木大夫は、北へむかう一艘《そう》の舟をみとめた。松明を灯した舟には、やせた子供たちが乗っていた。

「人買船《ひとかいぶね》か……。都には、自分の子を人買いに売らねば生きていけぬ親が沢山おり、道端には飢え死にした者が転がっておる。わしら馬借は……関銭《せきせん》を払うのに四苦八苦。なのに今日見たあのお屋敷は――」

茶木大夫の言葉を、獅子若は最早聞いていない。

弐

ぎらつく日差しの下、ぼろぼろの体を春風に乗せ、大津から東に行く獅子若の姿があった。馬体に力なく体をあずけているが、旅ができるだけでもこの男の異常な体力を証明している。

途中で死んでしまう者が続出する百叩《ひゃくたた》き。生きながらえたとしても、数十日は動けぬ男がほとんどである。

十日前、茶木大夫は大津に住む馬借の親方、藤次に獅子若をあずけた。傷ついた大男を藤次は全力で介抱してくれた。

藤次は、茶木大夫が数日分の干《ほ》し飯《いい》と大豆が入った袋を獅子若にのこしていったとつたえ、あそこまで寛大な男はなかなかおらぬぞとしめくくった。

六日経《た》つと、起き上がれるようになり、大津にいづらいと感じはじめた。あまりにも東坂本に近いし、町の東半分は叡山領なのである。

だから満身創痍《まんしんそうい》の獅子若は、取りあえず東近江を目指す。

琵琶湖の西、湖西地方――すなわち西近江はほぼ叡山領である。この地の農村、山村、漁村は、叡山に年貢をおさめていた。対して湖東地方――東近江は武家領が多い。室町幕府から近江守護に任じられている六角《ろっかく》家、それと対立する京極《きょうごく》家がおさめる田園地帯が広がるのだ。

まずはそこに行く。仕事があれば東近江に居つく。なければ、さらに東、美濃を目指してもよい。美濃は獅子若の生国なのだ。

ただ、東行に当って初めの障害物たる東大津は迂回《うかい》、南にまわって東を目指す。西大津から一旦、山間部に入り、間道を通って東行、途中で東海道に復帰し、東近江にむかう道筋だ。

獅子若は山門領出入り禁止を言い渡されていた。僅か十日でその禁を破ったと知れれば、上林坊の手の者に殺されてしまう。

その獅子若だが、伽耶にもらった美服は血だらけになったため藤次がくれた粗衣をまとっている。

琵琶湖が南に吐き出す瀬田川《せたがわ》の、少し西にきた時だった。小さな羽虫の群れが黒い塊となって獅子若にぶつかる。と、それまで順調に街道を歩んでいた春風が、俄《にわ》かに路傍の草を食《は》もうとした。

「おい」

痛みをこらえ、手綱《たづな》を引くが、聞かぬ。

道の両側は緑の敷物を並べたように稲花《はな》が咲いた田が広がっている。蛙《かえる》の鳴き声がして、蒼天《そうてん》では鳶《とび》がゆっくりまわっていた。左方では琵琶湖が瑠璃色《るりいろ》に霞《かす》んでいた。

春風は街道と田の間——斜面に生えた青草に顔をうずめていた。ろくな草はなかったが腹がへっているのだろう。

「そいつは、明らかに百姓の草だ。牛でも飼ってた日にはぶちのめされるぞ」

草を食む春風の力に負け、全身がズキズキ痛んだ。

その痛みが上林坊の殴打を思い出させる。伽耶の声が鼓膜でこだまし激情が全身を駆けめぐる。

悔しさに、気持ちが支配され、力が抜ける——。

エノコロ草を、春風がかじった。

さっき山で十分喰《く》わせなかった、自分が悔やまれた。

獅子若がまだよく春風という馬を知らぬこと、傷だらけの獅子若の判断力が常よりずっと低下していたこと、この二つが、悪《あ》しき形で重なった。

「その草はまずいって、春風よ。そいつを喰うな！」

春風を止めようとするも、無理だ。痛みが邪魔立てしていた。灼熱《しゃくねつ》の日差しに照らされた春風はもぐもぐと道端の日芝《ひしば》を噛《か》みはじめる。

――まずい事態である。

獅子若の眉間に、皺《しわ》が寄る。

百姓衆は草を一種の資源と見なしている。自分で牛馬を飼っている場合、その餌になるし、飼っていなくても大津や都などの町へ秣《まぐさ》として売れる。また、草は、この時代の重要な肥料――草木灰の原料となる。

金があれば宿《しゅく》で秣を買うが、金がない者が田畑の傍《そば》に生えた草を無断で馬に食ませ、百姓衆の怒りを買うことは多々ある。

そうやって、百姓たちに襲われ、大怪我《おおけが》を負った仲間を、獅子若は幾人も知っていた。最悪の場合、話がこじれて落命してしまった者もいると茶木大夫は語っていた。

「やめろ。後でたっぷり喰わしてやるから」

獅子若が言った時である。

小さな人影が三つ、道に現れた。

百姓たちだ。

田んぼに入ってはたらいていたが獅子若と春風の姿を見て、出てきたようである。

（――やけに小せえ。餓鬼か）

獅子若が両目を細めて睨《にら》むと、上は十三歳くらい、下は七歳くらいの少女であった。

だが、油断はできぬ。みんな、泥で濡《ぬ》れた草刈り鎌をもっていた。

「お前たち、何をしていた？」

獅子若が問いかける。

七歳くらいの童女がごにょごにょと答える。よく、聞き取れなかった。

彼女の目の焦点は合っていなかった。往々にして周囲に理解されず、愚鈍と見なされやすいが決してそうではない——そういう類の少女と思われた。

少女の言葉に獅子若が首をかしげると、

「エグ。エグを取っていたんだ」

編笠《あみがさ》をかぶった童女がはきはきした声を出す。一番、年長で、背が高く、真っ黒く日焼けしていた。

差し出された掌《てのひら》には、泥水に濡れた、植物性の瘤《こぶ》のようなものがのっている。

「おお、エグ取りか」

エグとは黒慈姑《くろぐわい》で、水田によく生える。塊茎《かいけい》が食用となる。

春風は黙々と日芝を咀嚼《そしゃく》しつづける。

「随分、いい食べっぷりだね」

編笠の少女が言った。かすかに皮肉がまじった声音であった。

「すまねえ。お前ん家の田《ち》だよな？」

「……うん。ひどい顔をしてるね、あんた」

「変な爺《じい》さんに棒で叩かれたんだ」

大きい肩を、すくめた。

初めに口を開いた小柄な童女が手を差し出すと、春風は喰うのを止《や》め面を突き出す。

童女の臭いをたしかめはじめた。

「なあ、この近くで、秣を十分にやれる場所……知らねえか？」

痣《あざ》だらけのごつい顔を、精一杯の愛想でほころばせる。童女たちは顔を見合せていた。

「湖の近くは、草が、あるかな？」

「うん。そこの草なら、腹いっぱい食べさせていいよ。ただし、下がぬかるんでるけど」

年かさの童女が請け合う。

「かたじけない。ぬかるみなんて、構いやしねえよ」

暗い虚無をたたえた獅子若の双眸《そうぼう》が、田を見まわす。

「なあ、ここ何て村だ？」

「粟津《あわづ》。粟津の松原で――」

なるほど、田の向うに、松原がみとめられる。

「木曾義仲《きそよしなか》は、討ち死にしたんだよ……馬がぬかるみにはまって。だから、凄《すご》い、ぬかるみだよ」

「まあ、大丈夫だろう。ちなみに、領主は？」

「山門」

さっき、ごにょごにょと口ごもっていた童女が、生れ変ったような、実に明瞭な発音で告げた。

澄んだ目が、じっと見つめ、茫然《ぼうぜん》とする獅子若に止《とど》めを刺すように、

「比叡山延暦寺」

叡山がある北西方向を泥で濡れた指が真っ直ぐ指す。彼女は、自分の父母に重い貢租をかける領主の名は、実にはっきりした発音で、口にすることができるのだ——。

今まで黙っていた、十歳くらいの童女が、

「今日、叡山の公人衆《くにんしゅう》がくるって。稲の実り具合を見に」

山門領出入り禁止——この宣告が、赤い熱をともなう烙印《らくいん》となって、胸底に甦《よみがえ》る。

「………」

田んぼから出てきた山棟蛇《やまかがし》が東海道を這《は》っていた。春風の足元、蛸《たこ》の足に似たスベリヒユが、赤い茎をのばし、日芝類が茂る緩斜面で、イナゴが数匹、跳ねていた。

「……やっぱり止めとくわ、ここで秣やるのは。草津《くさつ》で手に入れる」

草津は、江州守護・六角家がおさめる宿場だ。獅子若が馬をすすめようとすると、

「待って」

年かさの童女が追いかけてくる。

今まで三人がとったエグを、全て一つの麻袋に入れ、獅子若に渡す。

「これ、もって行って。秣も買えない旅なんでしょ？　これをあんた、今日の晩飯に食べて。浮いた分で……この馬に秣を買ってあげて」

「悪いな」

獅子若が決り悪そうに呟《つぶや》くと、春風が高く嘶《いなな》いた。

「大きいお兄さん。こういう時って、別の言い方をするものだよ」

「……ありがとな」

エグは相当蘞《えぐ》みが強い食べ物で獅子若の腹をみたすほどの数もなかったが無性に嬉《うれ》しかった。無意識に、唇を噛みしめる。

この自力救済の世では力が全てで、獅子若は東坂本で一番力が強い以上、己に手を出せる者はなかなかいないという不遜な自信をかかえていた。

だが、その自信は、一日で砕かれた。

——上林坊栄覚。

栄覚がもつ財力や地位を背景とした圧倒的な力に、獅子若の腕力や印地《いんじ》を背景とする力は、まるで歯が立たなかった。

獅子若は、自分がもっていた誇りや、今までつちかってきた確信が、ぐちゃぐちゃに潰された気がしている。

自分よりずっと非力な童女がくれたエグはそんな獅子若の気持ちにやけに暖かくしみ入った。


その夜——獅子若は鏡山《かがみやま》で春風に存分に草を食ませていた。

京から東に行くと、六角領草津で、東海道と東山道《とうさんどう》が分岐《わか》れる。獅子若は、東山道を行った。美濃行きも視野に入れたからである。

途中、草津では秣を買えなかった。

銭が、ないからだ。

獅子若の所持品で銭になりそうなものは上林坊がくれた扇くらいだったが、彼は瀬田の唐橋《からはし》からこれをすてていた。

自分の血がこびりついた立派な扇をもち歩くには、己の恥ずかしさが克明に記録された日記をもち歩くのと、同じ神経が必要だった。岩が筋骨化したような獅子若だが左様な粗雑な神経はもちあわせない。

雨がこないと読んだ獅子若は鏡山で野宿することにした。

星夜の下、獅子若の背後では、コナラやクヌギ、樫《かし》類の雑木林が、内側にため込んだ夜露を、白霧にして吐き出している。

たゆたう霧に撫《な》でられながら、ススキどもが、斜面でそよいでいた。

春風はススキを食していて、傍らの樹《き》の股に腰かけた獅子若は原っぱの下方、鏡の宿を眺めていた。

京を出、東山道を行く旅人が、初めに泊るのが鏡の宿だという。場所は草津の北東。東下する源義経《よしつね》が元服した場所とつたわる。

鏡山は、鏡の宿の南にそびえる小山である。

遠望できる灯火は時折、夜風に揺らぐように思える。

遊女が酒宴に呼ばれているのだろうか。

酒も、女も、寝床も——全て銭が必要だ。

びた一文もっていない獅子若は皮肉っぽく笑い、腰かけていた樹から飛び降りる。

着地した刹那、棍棒《こんぼう》で殴られた太腿《ふともも》が、悲鳴を上げる。

「ケッ」

唾を、吐く。

春風に近よる。

喰い終った春風は余韻を楽しむように口をむにゃむにゃさせていた。

「いい喰いっぷりだな。南部馬よ」

春風は澄明《ちょうめい》な瞳でじっと獅子若を見つめていた。尾が、別個の生物のように動き、パタンと、臀部《でんぶ》を叩く。

同時に獅子若の腹が鳴った。茶木大夫の干し飯をそのまま喰らい、童女がくれた生エグ——やはり苦味がきつく何度も断念しそうになった——を、歯が千切れそうなほどの硬さと格闘して、押し込んだきりだった。

「そんなに旨《うめ》えのか？　草って……」

獅子若は、さっきまで春風が食べていたススキに手をのばす。葉を何枚か千切り、口に入れる。

「ごほっ……！」

苦さと硬さが、口いっぱいに広がり、青臭さが体に入ってくる気がした。

「まじいっ……やっぱこれ、人間の食い物じゃねえな！」

春風は——笑っていた。

明らかに獅子若の気持ちが通じて笑ったとしか思えぬ顔を見せた。

「何笑ってんだよ、春風」

草汁と唾液がまじったものを吐きながら、苦笑いする。春風と会ってまだ日は浅い。しかし獅子若は、この馬と急速に気持ちが通じ合っているような気がしていた。春風も同じ気持ちらしかった。

春風の、傍らまで、行く。

春風は獅子若の頰に顔を近づけ、こすりつけている。春風が内にもつ穏やかな温気《うんき》が、頰を通じて獅子若の内面に入ってくる気がした。

　獅子若は頰から首へ、首から胴へ、馬体をゆっくり撫でながら、

「お前……俺ときたことを後悔していねえか？」

　バチン！

　尾が、尻を叩いた。

　否定したような気がした。

「だってよ、お前、あそこにいたら好きなだけ草が喰えたんだぜ」

　春風は思い切り頰をすりつけてきた。温かい動物の体が、傷ついた男の肉体と、強くふれ合う。

　その時――夜の草原の匂いが獅子若を満たした。干し草ではなく、生きた草どもの、強烈な臭いだ。

　ススキというススキが、音をともなわない唄を歌い、その唄が夜風に誘《いざな》われて、体に脈打つ血にしみ込んだ感じだ。

　獅子若はわななないている。

　春風が、こう言ってくれた気がした。

『獅子若、あそこにいては、この草原の匂いは味わえないでしょう？　陸奥の、南部の、

原野によく似た……この草地の中で、思いっ切り遊びまわれないでしょう？』

かすれ声で、

「――いいのかよ？」

春風の尾が再び尻を叩く。馬の息遣い、鼓動を一層近くで感じる。

(今、一人じゃなくてよかった。こいつが傍らにいてくれて……よかった)

獅子若は、心からそう思った。塩辛く、熱い奔騰が、眼《まなこ》にこみ上げた。

獅子若は静かな声で春風に語りかけた。

「俺の話をしていいか？　親父《おやじ》は、百姓の次男坊で、十三で村を出て、美濃の墨俣《すのまた》って町で馬借をしてた」

墨俣――馬借があつまる町。木曾山地で伐《き》り出された材木は、天下の急流――木曾川に流される。丸太一本で流される。この流れてきた丸太を綱で受け止める「綱場《つなば》」が錦《にしき》織《おり》にあった。錦織の綱が食い止めた丸太どもは、一旦水揚げされ、今度は筏《いかだ》にくみ直されて、また下流に流される――。この筏どもを陸に揚げて近江の朝妻に陸送する大拠点こそ、美濃国墨俣なのだ。

獅子若はつづける。

「お袋は美濃のある領主の娘だったという。何処《どこ》まで本当かは知らねえが……。その領主の城に、薬草とか、病の治し方とかを書いた書物があってよ、お袋は、それを読むのが好きだったんだってよ」

当然話は理解できぬだろうが獅子若に渦巻く感情はたしかに春風につたわっていた。春風と己の気持ちの波が、重なり合い、傷つき警戒心で凝り固まった武骨な筋肉をときほぐしてゆく。

獅子若の母が十三の時、叔父《おじ》に当る男が軍勢をもよおし、父の城を夜襲。丁度その時、商用で城にきていた馬方の馬で、母は逃げた。

この馬方こそ、獅子若の父となる男だった。

母の一族郎党は、斬られた。

突如、天涯孤独となった姫君をつれて途方に暮れる馬方。取りあえず墨俣を目指すも邪《よこし》まな叔父の討手は当地にもむかっている。

獅子若の父は仕方なく、生れ故郷の山村を目指し、いつしか二人は結ばれて、獅子若が生れた。

父は母に百姓仕事をさせたがらなかった。それをさせるのを、申し訳なく思っていた。だが母は逆に、百姓仕事を手伝わないのを申し訳なく思っていたようである。

二人は互いをささえあった。父は馬の世話を息子におしえた。印地の名人であった彼は、妻の反発にもかかわらず、石投げの秘法も伝授してくれた。母は読み書きを息子におしえようとしたが、元気がよすぎる息子はまるで身が入らなかった。

仕方なく母は、いつか叔父の軍勢と戦う日のために、昔の立派な武将はどうやって大成したかとか、古《いにしえ》の名将がいかなるやり方で、少ない兵で大人数の敵を破ったかという話を、息子に語って聞かせた。その話は面白かったから、獅子若は真剣に耳をそばだて、印地で村の悪童を倒す際に役立てている。

のどかな山村において、束《つか》の間《ま》の幸せが、三人をつつんでいた。

だが、それは長くつづかなかった。

獅子若、八歳の時——疫病が村を襲った。

八割の村人が斃《たお》れ、獅子若の父も不帰の人となった。奇跡的に母と息子は無事だった。

母は美しい人であったが髪をみじかく切り顔に煤《すす》を塗ると、物乞いとなって息子をつれ旅立った。

『よいか、獅子若……お前にはいつか武将となって、我が父と母の仇《かたき》を討ってほしい。賊としてではなく、正当な仕置として、叔父を討つ。そのためには……都の公方様《くぼう》に、叔父の非道を訴える必要がある』

『なら今から公方様の御殿に行ってよ、そいつがした悪いことを訴えればいいだろ？俺たちは間違ってねんだから、聞いてくれるだろ？』

息子が強い語調で言うと母は悲しげに声をふるわしながら息子の小さな頬にふれた。

『いいえ。そのようなことをしても、我らは物狂いに思われるだけでしょう。叔父の悪事を明るみに出すには……まず、お前が、偉くなる必要がある。お前が立派な男になって、公方様か側近の方の信頼を勝ち得、その上で叔父の悪事を露見させねばならぬ』

得体が知れない濃霧に似た違和感を八歳の獅子若は覚えた。だがその違和感を言葉にできなかった。

今なら——できる。

どうして偉い奴《やつ》だけが、正しさを享受できる？　何故《なぜ》、偉くない奴は、その光がそそがない場所で這いずり回り、生きねばならないのか？

そういう問いかけだ。

とにかく母は息子を立身させる必要を感じていて、夢中で考えている。

ある一つの結論が、得られた。

無縁所、と呼ばれし寺社領。

『寺社領ならば……そなたに世の中を読む力があれば、大商人《だいしようにん》になれる。そなたの強力《ごうりき》があれば、堂衆《どうしゆう》の中からぬきんでて、山徒になれよう。大商人か山徒。そうなれば公方様に会える。そこは血の貴さではなく実力がものを言う場所なの。勿論《もちろん》、相当な実力がなければ浮き上がれない。だけど、お前なら、できる』

かくして母子は日本最大の無縁所がある西近江を目指した——。

「東坂本に……物乞いしながら旅した。途中途中の村で、お袋は病に倒れた者がいると薬湯を煎《せん》じて治し、礼をもらった。お袋の腕は確かだった。村を襲った疫病には歯が立たなかったけどな」

悲しみが、ごつい面貌を引きつらせる。春風のあたたかい舌が獅子若を舐《な》める。

「旅の途中で、これなら行けると思ったんだろ。お袋は東坂本につくと何とか小屋をかり、僅かばかりの銭を取って病人たちを看《み》はじめたんだ。腕がいいと評判になりどんどん人がきた」

希望が見えはじめた。が、その希望は東坂本で医者として成功していた男に、打ち砕かれた。患者を奪われてしまうと危惧したその男は、「あの女は怪しげな術で人々を惑わしておる」と噂《うわさ》を立て、無頼漢をやとって獅子若たちが住む小屋を急襲したのだ。

全てが、壊された。

この二人に手を差しのべたのが馬借の親方、茶木大夫だった。

「茶木大夫に恩返ししてえ。だが、恩返しの途中で……。茶木大夫の忠告を聞かず伽耶に夢中になった、俺が間違っていた」

伽耶に怨《うら》みはない。自分の意志で生きられない伽耶は不憫《ふびん》だと思う。

「上林坊栄覚。奴だけは許せねえ」

獅子若の中で燃えた漆黒の炎を、さみしさが押しやる。

「また、全部うしなっちまった。一人きりになっちまった……」

様々な感情が、獅子若の中で、濁流となってまわり出す。

茶木大夫や平五郎の気持ちに応えられなかった己が悔しい。二度と彼らに会えないかと思うと、胸が張り裂けそうになった。

獅子若は春風に体重をあずけ固く目をつむる。

春風は獅子若の頰、そして耳を、舐めつづけた。春風に舐められると、何故か心が落ち着いた。いつしか獅子若はまどろんでいた。

どれくらい、経ったろう。

目を開くと——天の川が銀の飛沫《しぶき》を立てていた。

星屑《ほしくず》の一つ一つが遥《はる》か高みで抃舞《べんぶ》する天女たちが身につけた宝珠のような気高さをまとっていた。

何か温かくやわらかいものが、打撲の痕や、擦り傷が目立つ獅子若にふれている。

春風の舌だ。

春風はそうやって、昏睡《こんすい》に落ちた獅子若の傷ついた腕を、ずっとやさしく舐めていたようだ。

（一人じゃねえ。俺には……こいつがいるじゃねえか）

獅子若は目を細めて春風を眺める。

「どうしてお前……こんな俺に、なつく？」

力を込めて言う獅子若だった。

と、
ヴヒン！

低く発声した春風が草原の一角を見据える。

獅子若もそちらに顔をむけた。ススキをわけながら、馬に乗った人影が、こちらにゆっくり接近してくる。

一瞬で面《おもて》を険しくした獅子若が、金礫《かなつぶて》を取ろうと懐をさぐる。

（ねえ。そうか金礫は……）

――金礫は栄覚の家来に取られたのだ。

獅子若は腰を上げ春風の傍らに立つ。春風は静かなる眼差《まなざ》しで、夜の草原に現れた騎乗の人を見守っている。

月光に照らされたその人は白い馬にまたがった娘であるらしい。長い髪を下に垂らした娘は、獅子若の傍で白馬を止めるとやわらかく言った。

「それはきっと、その馬が、貴方《あなた》の傍にいることを心地よく思っているから。深い処《ところ》で貴方を信じているからよ」

つぶらな瞳の下に高い鼻梁《びりよう》。獅子若の先ほどの問いに答えたようである。

「何者だ、てめえ」

敵意がまじった声をぶつける。たおやかな娘は、やわらかい声で、獅子若の敵意を受け流す。

「わたしは、佐保《さほ》」

桜の花と紅葉《もみじ》の葉が絞り染《ぞめ》された苧《からむし》の小袖を着ていた。着物は粗末だが――何とも言えぬ品の良さを、小さくととのった顔や、長身のすらりとした姿から、漂わせる。小袖の胸には丸いふくらみが見られた。娘は、白鷺《しらさぎ》の如《ごと》く馬から降りると、春風に静かに近づく。

「おい、この馬、てめえが気に入った奴にしかふれさせねえぜ」

なおも威圧的に獅子若が言う。佐保は、大きな瞳を細め、

「そう」

糠《ぬか》に釘《くぎ》、と言うべき受け答えだった。春風のすぐ傍で立ち止った佐保は、手を差し出した。

逆らい難い柔和な引力が、佐保の指先から放たれ――春風は静々と足をすすめている。

「この子の名は？」

「春風」

自分でも驚くほどの素直さで獅子若は答えていた。

「春風、おいで」

春風が、佐保の掌に頰ずりし、舐める。

佐保は春風をやさしく撫ではじめる。

何か囁《ささや》く。

それは人の頭脳に入ってくるのではなく、獣の魂に直接しみ込む声であった。

(馬借の唄……！　坂本馬借とは違う唄)

春風をつつみ込み、そして慈しみ、馬がかかえている心の傷を全て癒してしまうようなやさしい唄だった。佐保が発する春の川に似た穏やかさに、褐色の南部馬はすっかり安堵《あんど》し切っていた。獅子若がきずいた以上の信頼を、佐保が一瞬できずいてしまった気がした。

しばらく春風をさすっていた佐保は、

「春風……とても、やさしい子……」

獅子若に、顔をむける。

「やさしすぎて……この子が信じるやさしさを、壊す者には、岩でできた扉のように、心を閉ざしてしまう」

静かな声で言った。あてずっぽうに言ったのではない底知れぬ堅固さが、佐保の語調に孕《はら》まれている。ゆったりと落ち着いた声に、芯の強さが隠されている気がする。

(わかるのか。あんな少し撫でただけで。この娘……馬と語り合える？)

獅子若は、驚嘆を、隠せぬ。

「何者だ？」

「わたしは――はぐれ馬借《ばしゃく》」

「はぐれ馬借だと……？」


かつて茶木大夫から聞いた覚えがある。

『その昔、元服したばかりの源義経公が……平家の魔手を逃れ、奥州に行く折、危難に遭った。何でもこの危難を助け、荷をはこんだ男がいた。

義経公は平家追討の大将となるや、この馬方をさがし出し、諸国関銭《せきせん》無用、往来自由の過書《かしょ》（旅券）をさずけた。はぐれ馬借衆は義経公の頃の馬方から代々、このお墨付きを後継に託し、綿々とつづいてきたという……』

義経が似たような過書を世話になった船乗りにさずけた話は『梅松論《ばいしょうろん》』につたわるが、馬借にも同じようなお墨付きを出していたのだ。

『何ではぐれって言うんだよ？』

獅子若が問うと、茶木大夫は、

『それは、はぐれ馬借衆が我らの如く――宿や湊《みなと》を根城としないからじゃ。彼らは旅を人生とし、草を枕とし、大切な物をはこぶ。拠点となる町がないゆえ、重いものを沢山はこぶ訳にいかぬ。されど、関銭を払わなくとも諸国往来自由をみとめられているため、少量の重荷や宝物を六十余州の何処にでもはこぶ』
『んな奴らがいるのか』
『わしも会ったことがないがの……。義経公ゆかりの地に行くと、その者どもに会いやすいという話は聞いたことがあるな』

——ここ、鏡の宿は義経ゆかりの地である。

(だから、出たわけか。はぐれ馬借が)

佐保が、

「ええ。貴方は?」

「俺は獅子若。元がつくが、一応、坂本馬借だ」

「……そう。誰か親方はいたの?」

「茶木大夫」

「聞いたことがある……会ったことはないけれど、近江で一番の馬借だろうと、亡き父が……前頭《さきのおかしら》が、言っていた。獅子若、わたしは馬をさがしているの」

佐保が乗ってきた白馬が、春風の傍にやってくる。二頭は面を近づけ合う。

行方知れずになった馬を見つけるのに他の馬をつれて行くのは、常套《じょうとう》手段だ。

「どんな馬だ？」

獅子若が訊《き》くと、

「青鹿毛《あおかげ》の牡馬《ぼば》」

青鹿毛——青と言いつつ、黒毛が目立つ毛色である。

「一際、体が大きい。とにかく、見たこともないほど大きい」

「春風よりも？」

佐保は頭を振る。

「ずっと大きいわ。とても獰猛《どうもう》な馬なの。名前は鯨《くじら》……、前頭の馬だった。父しか乗せることのなかった、嵐が如き荒馬……」

「そんな化物みてえな馬、見ねえな」

その時、

「やっと見つけたぜ、獅子若！」

殺気が夜闇の向うに生じた。複数の者が草を踏む足音がする。

「金剛丸の仇じゃ」

怒声がひびき、二頭の馬は両耳をそばだてた。

(奴ら、か)

獅子若は痣と擦り傷が目立つ面貌に、不吉な笑みを浮かべた。

（いい所にきやがった。押し潰されそうな、もやもやした憤りを……思い切りぶつけさせてくれる相手を、俺はもとめていたのかもしれねえ！）

金礫はない。だが、獅子若の足元にはかなり大きい石がごろごろ転がっていた。

姿を見せたのは、金剛丸の仲間どもだ。六人いる。堂衆に詮議されたが、証拠もなく解放されたのだろう。

ぼさぼさ髪に、坊主頭。あるいは、朱色の鉢巻。紅の小袖や緑の小袖。思い思いの装いで、手に手に薙刀《なぎなた》や野太刀《のだち》、弓矢や金礫、大き目の草刈り鎌などを構えた彼奴《きやつ》らは、闇に蠢《うごめ》く百鬼夜行のようであった。

獅子若は己を満たしつつある闘気の一部を千切り佐保に叩きつけた。

「お前も、奴らの一味か？　はぐれ馬借などと騙《かた》り、俺に近づいたのか？」

「違う。わたしはあの者たちを知らない」

佐保は、きっぱりと言った。こういう時に、獅子若は他人の言葉に耳を貸さない。だが、佐保の声調には信じさせる何かがあった。

斯様《かよう》な佐保の雰囲気が春風を一瞬で馴《な》らしてしまったことと何か関《かかわ》りがあるような気がする。

が、それを詮索する暇はない。

獅子若は、素早くかがみ、石をひろう。

「伏せてろ」

獅子若の下知《げち》を、佐保は無視する。さっと走ると両手を広げ二頭の馬を守るように立った。

頬傷がある男が、柿の実大の金礫を構えつつ、

「何だ、あの女は？」

「獅子若の女か？」

朱色の鉢巻をした男が、野太刀の峰をさする。

「まず彼奴をやっつけて、その後で……のう」

「うわははは！」

六人の影が、悪意と興奮の哄笑《こうしよう》で揺れた。

「屑どもが――」

闘気を瞳にたぎらせた獅子若が、唾を吐く。

巌《いわお》が如き筋肉の山が、佐保と二頭の馬の前に立つ。昼まで全身を苛《さいな》んでいた痛みが消えている。頑健な肉体《からだ》は――闘争心によって、驚異的な快復を見せていた。

太腿、腕、拳から凄《すさ》まじい殺意が鬼気となって溢《あふ》れ出る。後ろで、声が、した。

「――殺さないで」

佐保だ。

「くらえっ」
球状の猛撃は獅子若までとどかない。途中の、叢《くさむら》に、落ちる。
寸刻置かず弓を構える敵をみとめた獅子若は投石した。
「死にやがれ、外道《げどう》！」
石が——頬に当る。
東坂本一の印地の痛撃が、頬肉を突き破り、口腔《こうこう》の上側から脳の下辺をえぐる。
男は滝のように血液をまき散らしながら絶命した——。
獅子若が、咆哮《ほうこう》する。
戦《いくさ》の神が血の贄《にえ》をささげられ、歓喜している声に近かった。
佐保が何か言いかけたが、また石をにぎり、
「俺の流儀に口を出すな」
冷たく硬い否定で、はばんだ。
二石目は、野太刀をひらめかせながら獅子若に突っ込みつつあった男の喉に命中。
喉を潰された男は、ススキを血で濡らしながら、転がりまわる。
四人になった敵は、早くもうろたえはじめた。
(言うほどの度胸も無《ね》え奴らだぜ)
暗く歪《ゆが》んだ光をたたえた双眸に、喜色が浮かぶ。その獅子若の笑いは、まさに夜叉《やしゃ》の

笑みである。

自力救済——民の命が、命とあつかわれず、自分の身は自分で守らねばならない時代。

——力がものを言う時代。

少年は左様な時代に生まれ、騙《だま》し討ちで滅ぼされた母の一族の話を聞いてそだち、疫病で村が壊れ、貧困の中を旅し、束の間見えた希望を、理不尽な暴力で潰され、馬借となっている。家族をうしなってから獅子若は、茶木大夫と平五郎以外の他人は信用しなかった。

（——俺は自分《てめえ》の腕だけを頼りに生きてきた）

己の内側に荒廃した空虚な芯があるのがわかる。夜叉の笑みを浮かべる度、ますます荒れてゆく。だが、止められない。

刹那——。

春風が、警告するように、息を荒く吐く。

「獅子若、後ろ！」

佐保が叫んだ。

間髪いれず豪速で後方から飛んできた矢が獅子若の肩に刺さった。太腕が震動し、石が落ちる。

獅子若は唇を噛みしめながら顧みた。後方にある森から、新手が六人出てきた。三人が弓矢をたずさえ、そのうち二人は、獅子若に狙いをさだめている。もう一人は、ついさっき放った奴だ。

「まだいやがったか」

獅子若は呻《うめ》いた。

敵は二手にわかれ、一方は姿を現し獅子若を正面から襲い、もう一方が後ろにある木立を潜行しながら近づいてきたのである。

激痛に耐え石をひろう。

その隙に前にいた四人が雄叫《おたけ》びを上げて襲いかかってきた。

憤怒で、腸《はらわた》が身もだえしそうだ。

「佐保、その馬に乗って逃げろ！」

獅子若は大喝した。

雲が白月にかかり、視界が暗くなる。だが、獅子若と佐保、二人の肌《はだえ》は、草原を迫りくる悪意を、触覚をもつ節足動物のようにありありと感じている。

——佐保は、動かない。代りに鋭い一声を発する。

「筑前《ちくぜんの》尉《じよう》、十阿弥《じゆうあみ》！」

獅子若が苦痛にたえながら前からくる敵に投擲《とうてき》した。

眉間に石が当り、眼球をこぼしながら敵は草地に沈む。

その時、二騎の影がススキの原に現れた。

（――佐保の仲間？）

中背で引き締まった肢体をした騎手が前方の敵に、いま一人、法体《ほってい》の小男が後方の六人に印地打ちする。

中背の男が放った金礫は三人の敵を直撃した。

血煙は上がらない。

が、三人はばたばたと昏倒して、草中に突っ伏す。

（力を加減して投げているのか）

後ろでは小柄な男が小粒の金礫を驚異的速度で投げ、六人の面貌を打ち据える。

「……痛っ」

敵が一斉に、顔をおさえ、たたらを踏む。

さらに小男は――梨くらいの大きさの金礫を三つ、低めに投げつける。獅子若は瞠目《どうもく》する。

（大金礫かっ）

大金礫は三人の足を打ち、そ奴らは頭を大地に叩きつけて、気絶。残る三人は踵《きびす》を返して逃げ出した。

その時――雲が晴れ月がのぞいた。へし折られたススキの細茎や、長剣状の葉の白い中軸などが、かすかに発光した。

三人が息絶え、六人が気絶している。

静かに打ちひしがれた草どものあわいからあまりにも涼しい虫の音がこぼれていた。

「佐保様、ご無事ですか？」

二騎が慌ただしくやってくる。

「わたしは無事です。こちらは、獅子若。肩に傷を負っています。十阿弥、急ぎ手当を」

佐保はてきぱきと言った。獅子若は茫然と佐保と二人を、見くらべていた。

「この二人は、筑前尉と十阿弥。二人ともはぐれ馬借です」

十阿弥という法体の小男は下馬するや駆けより、獅子若の肩から矢を抜く。

「痛《いて》えっ」

「もう少し大人しくできんか？　お主……そんなにでかいなりをして、痛みには弱いのかな？」

六十をこす老人と思われる。歯が、かけていた。しなびた狸《たぬき》のような男で、すり切れた粗衣を着ている。

「馬鹿言うなよ。爺さん」

老いた馬借は布を引き裂くと、傷ついた肩をきつくしばりはじめた。

治療される獅子若の横で、騎乗の筑前尉が、佐保につたえた。

「佐保様。鯨らしき馬を見たという、樵《きこり》の童《わらわ》を見つけました」

筑前尉の齢《とし》は、四十くらいだろうか。いかにも堅物《かたぶつ》、侍を思わせる話し方だ。

「鯨はどちらに行きましたか？」

佐保が、筑前尉に訊くと、

「北に駆けて行くのを見たということです」

（こいつらみんなで、鯨って馬をさがしてたわけか……。余程、大切な馬なんだな。たしか前頭の馬って、佐保は言ってたな）

治療されながら獅子若は思念する。

筑前尉が気絶している無頼漢どもを見やり、極めて慎重な様子で語る。

「この者どものこともありますし、鏡山に長居《ここ》するのはよした方がいいでしょう」

「それは鯨の行方次第。鯨が鏡山にいるなら、鏡山でさがしつづけるし、遠くに行ったのならそちらにむかわねばなりません。その子が見たのは、鯨で間違いありませんね？」

佐保は、たしかめた。

「十中八九、鯨かと――。それに佐保様、鏡山にあまり長居できぬ、いま一つの理由がございます」

「何です」

「――狗神衆《いぬがみしゅう》。奴らが迫っております」

「え？」

「柴刈《しばか》りの翁《おきな》が、我らのことを訊きまわっている連中がいると言っておりました。ここにいれば、捕捉されましょう」

筑前尉が言うと同時に、十阿弥が獅子若の背を叩く。

「おい、すんだぞ」

「叩くな、爺さん」

獅子若は、興味を覚えた。馬に関する話なだけに馬借の本能のような部分がくすぐられる。

さらに、佐保にしたがう二人は、印地の手練《てだ》れでもあるようだ。三年連続、三津浜の印地を制した男としては、これも気になる。

自分の愛馬の背に手を置いた佐保に、獅子若は、

「なあ、お前たちは何でその――鯨って馬にこだわる？」

「…………」

二人の傍らで春風は、はぐれ馬借衆の馬と鼻を近づけ臭いをたしかめ合っていた。

馬は、基本的には、孤独を嫌い、群れをつくる動物である。孤独を好むのは、相当特別な馬だ。春風は今、眼前にいる相手と群れをつくれるか確認し合っているのだといえた。

印地と馬事を得意とする男どもの中にあって、物腰やわらかな娘は、じっと黙って獅子若を見つめる。

(そう言えば……こいつ、さっき俺に、殺さないでと言いやがった。まるで俺の心の中を読んだみてえに)

不意に獅子若は眼前に立つ娘の影が大きくなるような気がした。大きくなった佐保に、つつまれる。つつまれると同時に、自分の心の底を佐保に見られる。そういう錯覚に、一瞬、陥った。

この娘には、動物の内なる声を何らかの方法により読み取ってしまうある種の力があるようだ。そして今、佐保は獅子若という野獣の内で、いかなる声が燻《くすぶ》っているか正確に察したようなのだ。

佐保は、言った。

「一緒にくる？　獅子若」

「………」

東近江に何かツテがあるわけではない。美濃に行って、事態が好転する保証も、ない。だとすれば、はぐれ馬借衆と共に行ってもいい訳である。西近江と諸国に遍在する叡山領の荘園に行かない限りは……。

だが獅子若は、素直に「ああ行くわ」と答えられるような男でもなかった。

「鯨のこと、わたしたちを追っている狗神衆のこと。ここでは話せないわ。もっと落ち着いた場所でないと」

佐保が馬にまたがる。佐保の視線が春風にそそがれる。

「それにこの子は――わたしたちと、まだ、一緒にいたいようだわ」

その言葉が迷っていた自分を押した気がした。

獅子若は仏頂面で口を閉ざしたまま、春風に飛び乗った。春風に手をかけた刹那――さっきつけられた矢傷が、火でえぐられたように痛む。

佐保がふっと玉唇《ぎょくしん》をほころばす。

が、すぐに、その笑みは消され、厳しい面差しが、野原の一角にむけられた。

その視線の先には三体の屍《かばね》が転がっている。佐保は、今までと打って変った硬質な声を、発した。

「はぐれ馬借衆と共にくる以上、誰も殺さないで」

獅子若は、馬上で黙《あや》している。

「わたしたちは人を殺める商売じゃない。人から人へ、大切なものをはこぶ。六十余州の内ならば、何処までも――。山があっても、海があっても――」

「馬は泳げるしの」

十阿弥がのんびりと言葉を差しはさむ。佐保は、

「灼熱の下でも、極寒の雪の中でも。諸国を流れるし、宝物をはこんでいるから、盗賊と間違われやすい。だから盗賊にうたがわれるような真似《まね》は絶対にしてはいけない。約束してほしい。誰も殺めないと」

「俺はお前らの仲間になるとは一言も言ってねえ」

傲然と、答えた。

筑前尉がすかさず意見した。

「——ならば、その馬から降りい。共にくるというのは、仲間になるということとほとんど一緒であろう」

矢が如く、疾《と》く、鋭き、言葉であった。

獅子若は眼火を燃やして筑前尉を睨み唇を重く閉ざした。

筑前尉が発する鋭い気と、獅子若がまとう重く分厚い凄気《せいき》が、ぶつかり合う。

佐保が二人を制するようにすっと手をのばした。そして、小首をかしげ、どうするの、と問いかけるように獅子若の目をのぞき込む。

だが、獅子若は頑《かたく》なに黙していた。

「——得心してくれた？」

「いや。得心していねえ。じゃあ訊くけどよ、盗賊に襲われたら、どうする？」

「…………」

「俺は別に盗賊になるって言ってるわけじゃねえんだぜ」

「わかるわ」

「こいつらみてえな、ごろつきじゃねえ」

いかつい顎が叢に倒れた男たちを差す。

「本物の賊に襲われたら、どうする？　向うは殺す気でくるぜ。それでもお前は、今みてえなやり方で戦えと、俺に命令してくるのかよ？」

佐保は、きっぱりと強くうなずいた。

「それがわたしたちの掟《おきて》なの」

「納得できねえ。六十余州を旅すると言ったな？　山賊も、海賊も、湖賊も、盗賊もいるぜ。人を騙すことで銭を得ている透破《すっぱ》も。人商人《ひとあきびと》だってうろうろしてる。んな甘い世の中じゃねえぜっ！」

「知ってるわ。貴方に言われるまでもなく」

悲しげな佐保の語調であった。

「お前らのやり方じゃあ、自分を守れる気がしねえ」

「ならばその馬から降り――」

意見しようとする筑前尉を佐保が止める。一瞬、その眼差しが、春風にそそがれる。

それから獅子若を見た。

　この娘が会ったばかりの春風に、はなれがたき情をいだいているのを、獅子若は感じた。理屈抜きにわかった。

（同じ馬借としてわかる。春風《こいつ》の真価を見抜いた者は……こいつからはなれられなくなる。こいつは、人を立ち直らせる力をもつ馬）

　獅子若は、佐保から筑前尉に、顔をむける。

「命はとらねえが、印地は打つ？」

「いかにも。印地は我らの身を守る手段であり、人を殺す凶器ではない」

「……ふ」

　獅子若が皮肉っぽく笑《え》むと同時に十阿弥がしゃっくりをする。獅子若と筑前尉の間に起った火を、鎮めるようなしゃっくりだ。

「……失礼。おお、止った。そんな我らをたばねねばならぬ佐保様は……印地が不得意《ふえて》での。全然、上達せん。その代りと言っては何じゃが、馬と気持ちを通わすことについては、佐保様の右に出る者はいない。馬頭観音《ばとうかんのん》様も溜息《ためいき》をつかれているであろう」

「……十阿弥。一言、余計よ。わたしはただ、争いが嫌いなだけ」

　困ったように佐保が呟いたため、獅子若は思わず噴き出す。

「全然、得心していねえけど……ほら、郷に入っては郷にしたがえって言うだろ？　多少、納得できなくてもよ、てめえと共に行動する連中の流儀に、ある程度、合せるってのは、まっとうな大人の嗜《たしな》みってもんだろ?」

「お主からまっとうな大人という言葉が出るとは思わなかったの」

十阿弥が、楽しそうに笑う。

「爺さん。言葉に気をつけろ。長生きできねえぜ」

黒い敵意が、獅子若の言葉にはこもっていた。だが、語調ほどこの爺さんを嫌いではない。むしろ、好ましく思いつつある。爺さんも同じ気持ちだろうと獅子若は感じていた。一方、筑前尉には、やりにくさを、覚える。

ふと獅子若は気づいた。

もしかしたら佐保は斯様に馬と馬、あるいは馬と人、そして時には人と人の間に張りめぐらされる、言葉をともなわない感情の糸を読み取る能力にすぐれているのではないかと。

獅子若は佐保という娘の、力の秘密を知りたいような気がした。

同時に、自分と佐保の魂の距離が、少しだけ近づいたように思った。

佐保は言った。

「わかったわ。獅子若。それでいい。二人とも、異存はないわね?」

筑前尉、十阿弥が、うなずく。

「では北へ! あと一日、鯨をさがす。それで見つからねば、荷を都へとどける」

佐保が、手を挙げる。佐保と筑前尉、十阿弥と獅子若を乗せた馬四頭は、小走りに鏡山を下りた。

しばし後――。

凄愴《せいそう》な野風が、血で汚れたススキの葉を、嬲《なぶ》る。

血臭を孕んだ夜風が、金礫で昏倒させられていた六人の、真っ白になっていた意識を、元にもどす。何人かが動きだす。

「おい……起きろ」

「くっ、あの娘が何か叫んだ処まで覚えておるのじゃ」

六人が何とか肩をよせ合い立ち上がった時である。遠くに人の気配が、あった。

もしや、獅子若たちか――と六人は歯を剝《む》き出し、凶器を構える。

現れたのは五人の巡礼であった。

夜の草原を灯りもつかわず、飛ぶように近づいてきた。歩いているのだが、並の者が走っているような勢いなのだ。

巡礼たちは六人の無頼漢と数間《けん》をへだてた所で、はたと立ち止る。

総員、黒い編笠をかぶり、黒い杖《つえ》をもっていた。

子供と老婆らしき影。げっそりと痩せた影と、でっぷりと太った影、小兵《こひょう》であるが、丸太並に腕が太い屈強な影――。

　ぼろぼろの衣をまとい裸足《はだし》であった。

　見るからに怪しげな五人組である。手強《てごわ》そうな男が、いるにはいるが、武器は持っていないようだ。子供と年寄りが一団にふくまれているのも、無頼漢どもを安堵させる。潰れかけていた自尊心がふくらみだす。

「何じゃ、お主たちはっ」

「石山寺《いしやまでら》への参詣か！」

「何処の草深き田舎《いなか》から出てきたのかっ」

　東坂本の無頼漢どもは、今までの鬱憤を晴らすかのように、散々、五人をあなどる。

　夜空の下、黒い笠をかぶった巡礼たちの面貌は全き陰になっていた。

　影の世界の魔物が、人の世に出てきて、顔をのぞかせたような具合であった。表情が知れない五つの顔は嘲笑《ちょうしょう》をあびても些《いささ》かも動かない。

　さすがに少し薄気味悪くなった無頼漢の一人が、

「何ゆえ……黙っておる？」

「お訊《たず》ねしてもよろしいかな？」

　黒影《こくえい》が一つ、口を開く。げっそり痩せた男の影だ。

「……おう」

「人をさがしておりましてな」

まだ、強気の消えない、若き無頼漢が軽口を叩いた。

「お主らの尋ね人など、どうして我らが知ろうかっ」

「まあ、そう言わずに」

くすくす笑う無頼漢どもを一切、気にせず——冷やかと言えるほどに巡礼の影は落ち着いている。

「いずれも、騎馬。恐ろしく獰猛な青鹿毛の馬にまたがった、立派な顎鬚《ひげ》の男。その男の娘。中背の男。乞食坊主。以上、四人じゃ。この内、青鹿毛にまたがった男は、毒が体中《たいちゅう》に入っているため、既に死んでおるやもしれん」

「…………」

氷で背中を撫でられたような居心地の悪さが、無頼漢どもを襲う。青鹿毛の馬にまたがった男をのぞけば、さっき獅子若を助けた者たちと特徴が似ていた。

既に死んでおる、という言い方や、彼らがまとう冷気は、巡礼たちが「騎馬の四人」を敵として見なしている事実を語っていた。

だとしたら、自分たちは同じ敵を狙う味方、とも呼ぶべき相手に、暴言を吐いた形になる。一際早く昏倒から立ち直った無頼漢の一人が少し様子を変え、

「馬にまたがり、印地をよく打つ連中かな？　その者どもなら、たしか北に行くと申し

ておった。鯨という馬を追って」

「――間違いない。奴らだ」

巡礼たちがうなずき合う。

「一体、連中はどういう……」

無頼漢が問いを発した時である。

「お前たちにおしえる謂《いわ》れはない」

痩せ細った巡礼が、にべもなく告げた。一瞬、月光が差し、相貌が浮き上がる。垣間《かいま》見えた巡礼の顔は、残暑の最中《さなか》を旅してきたのに、死人のそれと言えるほど青白かった。また月が雲に隠れ、笠の下の顔は陰になった。

「童子。一人でやれるか？」

黒笠をかぶった小柄な巡礼が、首を縦に振った。

痩せた巡礼は、よく研いだ刃物に似た、不気味に硬い声で、

「肝臓《きも》は傷つけるなよ。……敵は、近い。御犬様に捧《ささ》げねばならぬからの」

その不吉な声に六人の無頼漢は胃や胆嚢《たんのう》から汁気をともなう不安がにじみ出すのを感じる。

童子はしゃがみこむや、懐から何かを取り出し――口に入れた。

それを、噛みはじめた。

同時に老いた女の巡礼が動き出す。瓢簞《ひょうたん》を取り出し、呪《まじな》いを唱えながら中に入った黒い液を童子にかけ始めた。童子は宙をあおぎ黒汁《くろじる》を顔面で受ける。喉を鳴らして、飲む。夜風にのって液体の臭いが無頼漢たちの許《もと》にはこばれてくる。

——とんでもない臭いだった。

無頼漢たちは一斉に噎《む》せながら手で鼻を覆った。

次の瞬間、身の毛のよだつ咆哮が轟《とどろ》く。

童子が、吠《ほ》えている。眼火が灯《とも》り出す。野性的で荒々しい眼火だ。

小さい体を、びくびくと痙攣《けいれん》させ、憑《つ》かれたように飛び跳ねながら、夜の大気を苦しそうに掻《か》き毟《むし》り、絶叫していた。

人の叫びではない。狂うた猛獣の吠え声と言ってよい。

「御犬様じゃ」

「御犬様が……降りてこられた」

巡礼どもが、鋭い殺気を放つ。

これは尋常ならざる者どもを相手にしていると気づいた無頼漢たちが踵を返し逃げようとする。しかし、恐慌状態にあるため、足がもつれて転んだりしている処に——疾風をこえる速度で童子が襲いかかっている。

いつの間にか、両手に短刀を二本にぎり、猫を思わせる跳躍を見せた。

悲鳴が六つ、轟いた——。

少し後。

ススキの原に、巡礼たちの姿はない。

ただ、獅子若が討った三人の近くに、六体のあたらしい屍が転がっていた。刃物でずたずたに切り裂かれた死体で、全て肝臓が切り取られていた。

参

正面に見渡す限りの青葦原《あしはら》が広がっている。噎《む》せ返るほどの、水辺の、生命《いのち》の、密集だ。

遠方で、山が霞《かす》む。山が途切れた所にも葦原がつづいていて、広漠たる水の奥行きを感じさせる。

そよぐ葦原の上では、薄紅や薄紫の錦をしいたような色で、曙《あけぼの》の空がかんばせを染めていた。

大中湖《だいなかこ》。

琵琶湖最大の内湖。面積は諏訪湖《すわこ》より大きい。琵琶湖とは砂州でへだてられていた。当世では姿を消してしまったが、この湖の名残りが近江八幡《はちまん》市にある「西の湖」である。

獅子若、はぐれ馬借衆は、夜の鏡山を降り、北へむかった。

大中湖の南で廃村を見つけている。

凶作による飢餓、あるいは、領主の圧政が、つつましやかな人々の暮しを壊した。——そういう場所だった。

廃屋が十数屋あり大半が天井が破れ、屋内で筍《たけのこ》やドクダミが生い茂っていた。穀類は見当らぬ。

佐保たちはどうにか横になれそうな家を見つけて、そこで休み、獅子若は湖畔に今にも崩れそうな葦葺《よしぶき》屋根の野守《のもり》小屋があったため、そこに転がり込んだ。葦が不法に刈られぬよう見張る小屋だ。馬たちは木につないでおいた。

東の空が白み、水鳥の鳴き声が聞こえはじめると、獅子若はむっくりと小屋から出、湖畔に立った。

大あくびをしていると、廃村の方から佐保がやってくる。浅黒く日焼けしていて、大きな瞳と高い鼻に、気高さが漂う。小袖の胸の所に、丸いふくらみが目立つ。

朝日に照らされた佐保の笑みは月明りの下よりもずっと映えていた。佐保姫——。という言葉が、獅子若の胸中に、浮かぶ。佐保姫は四季の一つ、春をつかさどる女神である。眠たさが重くするのか佐保の瞼《まぶた》は若干下がっている気がして、それがまた可憐《かれん》であった。ふと伽耶《かや》の唇を思い出す。

獅子若は己を叱るかのように、膝にとまった二匹の蚊を叩《たた》き潰し、指先で黒い団子に丸め、湖に飛ばす。獅子若の足の甲に雨蛙《あまがえる》が飛びのり、冷たい湿り気をのこして、別の場所へ飛ぶ。

昨夜、廃村につくと、佐保は父親のこと、鯨のこと、今かかえている仕事のこと、それにまつわる敵のことなどを語った。

『わたしの父、将監《しょうげん》は、我らの頭《かしら》だった。誰よりも知恵深く、勇敢で、馬のことにくわしい人だった』

佐保は愛馬や、春風をさすりながら言った。その時点で春風はもうすっかり佐保に心を許していたし、はぐれ馬借の馬とも上手《うま》くやっていた。

『わたしたちが今、かかえている仕事は……関東のさる殿の重臣から、都のとてもえらい御方《おかた》に文《ふみ》をとどけることなの』

密書の運搬、であるらしい。

『騎馬の追手が考えられたから飛脚にたのめなかった。——我らが選ばれた』

『関東のさる殿って、誰だよ？　あと、都のとてもえらい御方、これも誰だよ。つうか……関東の武士はよ、鎌倉《かまくら》にいる公方《くぼう》につかえてんだろ？　何で都に文を出すんだよ？』

獅子若は率直に疑問をぶつける。

室町幕府は言うまでもなく足利将軍家の幕府であるが、京都にいる公方（将軍）とは別の、もう一人の足利一族の者を鎌倉に置き、この者に東日本を統括させた。これが、鎌倉公方である。室町幕府の東日本長官、天下の副将軍が如《ごと》き地位である。

関八州《かんはっしゅう》に住まう武士たちは都の将軍ではなく鎌倉公方に忠誠を誓うのだ。

筑前尉《ちくぜんのじょう》が、

『京都扶持《ふち》の者、という言葉を聞いたことがないか？　東国にいる京の将軍家に直属の武士だ』

鎌倉公方と京の将軍家の折り合いは、悪い。

幾人もの鎌倉公方が見せた「天下を狙う動き」や、「その手の噂《うわさ》」が左様な妖雲を掻《か》き立てている。特に、六代将軍になることが確実な、今の幕府の代表者・足利義宣《よしのぶ》（義《よし》教《のり》）と、鎌倉公方・足利持氏《もちうじ》の関係《あいだ》は、険悪であった。

京都扶持の者とは鎌倉公方は信用できぬと思った京の将軍が東国に植えつけた家来どもだ。

たとえば——下野《しもつけ》の宇都宮《うつのみや》家、陸奥の雄、伊達《だて》家が、それである。東日本では、将軍に忠誠を誓う京方武士と、鎌倉公方に熱い忠誠を燃やす安房《あわ》の里見《さとみ》氏など、関東武士が睨《にら》み合っているのだ。

佐保は文を託した男がつかえる家について、

『その家……常陸山入《ひたちやまいり》家では……若い当主が立ち、家風が乱れ、重臣が二派にわかれて、争っている。特に……都と距離を置き、鎌倉公方様に誼《よしみ》を通じんと考える派閥が強く、それに異論がある者たちが、次々にとらわれたり、斬られたり、閑職に追いやられたりしているの』

はぐれ馬借衆をやとったのは、その追いやられた側の人間だという。

何としても、二つの密書――苦境を訴える書状と、対立する一派が鎌倉へおくった密書の写しを、京にいる管領《かんれい》・畠山満家《はたけやまみついえ》に極秘裏にとどけねばならぬのだ。

『何で、わざわざ、お前たちが都へ行かなきゃいけねえ？　たとえば――どうして、他の京都扶持の者にたよらねえ？　何故、武士を使いにし、堂々と義宣に訴えねえ？　管領の満家って奴《やつ》にこそこそ連絡する理由は？』

『義宣様が恐ろしい御方だから。その書状を……』

書状は今、筑前尉が肌身離さずもっている。

『わたしたちにそれを託した人は戦《いくさ》を起したくないと思っている』

そこで口を閉ざし、強い目で、

『関西《にし》と関東《ひがし》の戦を』

『………』

『義持《よしもち》様が亡くなられ……次の将軍は、くじ引きで義宣様と決った。だけど、義宣様は、長いことお寺にいたから、すぐに将軍になれない』

具体的には、髪が生え、髷《まげ》をゆうまで、将軍になれぬということだ。

『そのことで苛立《いらだ》っている義宣様は、反抗的な東国に怒りを燃やしている。将軍職をうかがう鎌倉公方様も、気性が激しい御方。この密書が他の京都扶持の者に渡ったり、義宣様の耳に知れたりすれば……天下に大乱が起きてしまう』

筑前尉が言う。

『京都の管領・畠山様は、二人の足利様の間に立たれて、関東と関西の戦が起きぬよう、ずっと心を砕いてこられた』

京と鎌倉に立つ二人——次期将軍・義宣と鎌倉公方・持氏が、天下を真っ二つに裂く巨大な紛争を引き起そうとしているが、義宣につかえる穏健派の畠山満家が、何とか間に立って調整し、義宣の中の持氏像がこれ以上、険悪化しないようにつとめ、天下に騒乱が起るのを食い止めている。

それが、この時の、六十余州の情勢であった。

『街道で京まで行く訳にはいかない。それは、義宣様や鎌倉公方様に知られてしまう道でしょ？』

夜風が佐保に当る。長い髪が揺らぎ、唇に髪がかかる。

今の稼業が酷だと佐保は思わぬのだろうか——という疑念が不意に起る。だが、獅子若はすぐに打ち消した。佐保は心底、馬が好きそうだった。そして恐らくは町でつながれた馬よりも原野を自在に駆ける馬が好きなのだ。馬との野駆けは佐保にとって暮しの

一部であり、馬が消えた場所は、暮しが壊れた場所に違いない。そんな直感を覚えながら、獅子若は、

『だから――お前らが呼ばれた？』

『六十余州に張りめぐらされた道なき道を知悉《ちしつ》しておるからのう。ふふ』

十阿弥《じゅうあみ》が少し得意そうに胸を張る。しなびた狸《たぬき》に似た法体《ほってい》の老爺《ろうや》は、その時、柿の木につないだ自身の愛馬を濡《ぬ》れ手拭いで拭いていた。

十阿弥の馬は葦毛《あしげ》の野間《のま》馬――南部馬よりずっと小さい南方系の馬で、体高四尺にみたない。ずんぐりした足がみじかい馬を、小柄な男は丁寧にぬぐい、フケをとっていた。

『それに我らは、日に、十四里（一里は約四キロメートル）を、動く。荷をはこびながら』

『……とんでもねえ道行だな……』

勿論《もちろん》、馬を全力疾走させることはない。全力で駆ければ――馬はわずかな時で潰れる。その日はもう走れない。馬で長旅する場合、常歩《なみあし》という普通の歩行か、速歩《はやあし》という早歩きになる。古《いにしえ》の名馬とは短距離を速く駆けられる馬ではなく、その速歩で、幾日もかけて他の馬が倒れてしまうような長距離を旅する馬なのだ。

獅子若が、

『……そうだ』

唾を地面に、吐く。

『――お前らの敵って、何だ？』

『狗神衆《いぬがみしゅう》……』

自ら口にした狗神衆という言葉は、佐保の胸を暗くしたらしい。一気に窅然《ようぜん》となり面《おもて》をうつむかせた娘は、やっとのことで、言葉を押し出す。

『狗神衆が、父を……前頭《さきのおかしら》を殺した。前頭は、信濃《しなの》で――』

強い感情が邪魔立てし、佐保の言葉は途切れ途切れになる。

筑前尉が、案じるが如く、顔を険しくする。真一文字に口髭《くちひげ》を生やした生真面目《きまじめ》な顔の下で、ごくりと喉が動く。

一団の統率者という意識が、それまで佐保を気丈に振る舞わせていた。ところが、狗神衆の話となると――悲しみが張り裂け、話をつづけられなくなってしまう。

筑前尉が話を引き取る。

『人を殺すことを生業《なりわい》とする者どもで……阿波《あわ》から流れてきたようじゃ。山入家内部に、京都派と、鎌倉派がおると言ったろう？』

眼《まなこ》に手を当てた佐保を気にしながら獅子若はうなずいた。

『鎌倉派が、やとったと思われる』

十阿弥が、

『恐ろしい者どもで、狼《おおかみ》を崇《あが》めておる。己を狼の化身と信じ込み、狼の血を呑《の》むと――一挙に荒々しくなる』

『どんなふうに？』

『山犬が如く高く跳ぶ。毒を塗った短刀で刺したり、印地《いんじ》打ちのように投げたりする。二頭替え馬がいたが、その毒刀にやられ斃《たお》れてしまった』

十阿弥は、うつむいた。

『前頭もそれにやられた。信濃で待ち伏せされ、毒刀が背中に刺さった。この十阿弥がすぐ手当したが、毒は静かにまわっていたのじゃ』

馬医であるという十阿弥。ある程度、人の病を治せる。対して筑前尉は地理情報の才があった。

『並の者なら半日ともたなかったろう。お頭は……失礼、前頭は三日、頑張った。その間、佐保様に細やかに引き継ぎされ首領としての心得など叩き込まれた』

剽軽《ひょうきん》な十阿弥の声がふるえ、佐保の頰を、光るものが流れていった。

『だが、美濃で力尽きた。そして鯨は、姿を消した』

佐保がやっと唇を開く。

『前頭の愛馬――鯨は元は佐渡《さど》の野馬。だけど、その前は、人に飼われていたらしい。その飼い主はひどい奴だったようで……鯨は全身が傷だらけだった。

だからあの子は、前頭と会った時、人間を一つも信用していなかった』

『…………』

獅子若は瞑目《めいもく》した。鯨という猛馬と己が、重なり合う気がした。ふと何者かの微弱な視線を頬に感じた。

――春風だった。

木につながれた春風は耳を立て、長い面をこちらにむけていた。

佐保は、つづけている。

『前頭はその暴れ馬をならした。我らをたばねる者は、前頭から愛馬をゆずられるか、荒々しい野馬を手なずけて自分の馬にしなければいけない』

『お前は前頭から、鯨を託された？』

『……そう』

『その馬が逃げちまったから見つけなきゃならねえ？』

佐保はこくりとうなずくと、金剛石が如く硬い声で、告げた。

『でなければ、頭を継ぐ器でない者ということになる――』

故に佐保たちはあと一日、鯨があまり遠くに行かないうちにさがし、その後で都に行って任務を果たそうと決めている。勿論、鯨抜きで京に行った場合は、また近江にさがしにもどる所存であった。

――左様な話を昨夜、佐保たちとしていた。

朝ぼらけの葦原。

湿原に住まうヨシキリたちの大声の挨拶が獅子若の耳を叩いていた。

ナマズか、鮒《ふな》か。かなり肉付きが良い魚が、水中で体を弾ませる音が、大中湖でひびく。

朝霧を吸うように大きくあくびした佐保は、獅子若にむけて微笑《ほほえ》んだ。春の花のような、笑みであった。

初めて明るい時分に目にした佐保の笑顔から、獅子若は、慌てて目をそらした。

「せっかく水場があるし、馬たちの体を洗った方がいいと思うの。その方が、今日よくはたらいてくれる」

漆黒の垂髪を掻き上げた佐保は、湖を見まわす。

「だろうな」

「獅子若。馬を洗える場所をさがしてくれる？　泥沼のような所でなく、綺麗《きれい》な流れの方がいい。湖にそそいでいる小川を、さがしてもらえると……」

「わかった」

獅子若は請け合った。

「ありがとう。わたしはその間に、草原をさがしとく。うちの馬たち……わたしの馬、愛染大夫《あいぜんだゆう》、筑前尉の黒駒……」

「あいつ、甲斐《かい》の黒駒だろ？　むっつりした馬だよなぁ、筑前尉によく合ってるよ」

「うん。筑前尉の馬、三日月《みかづき》、十阿弥の蛟竜《こうりゆう》はみんな、馬のおこわが好きだわ。あるといいな」

「おこわぁ？」

獅子若が、ごつい顔をかしげる。

「スギナ。土筆《つくし》がそだったものよ」

「へえ……」

「馬がみんな好きだから、そう呼ぶのよ。言わない？」

「言わねえな。近江坂本では」

「他の国では、よくそう言うわ」

「初めて聞く呼び方だ。とにかく春風は、葛《くず》の葉が好きだ。そこん処《ところ》、よろしくな。葛の葉だ」

「得心しました」

佐保はあえて大きい声で答えた。獅子若は、対抗するかのように、佐保の鳩尾《みぞおち》を指し、

「俺は得心していねえ。――てめえらの流儀に。少しも、得心していねえ」

強く宣告する。

佐保は唇を噛《か》み、少しむっとしたという気持ちを、しめしている。圧迫によって白っぽい変色が起きたその唇を上にむけ、朝霧を大きく鼻で吸い、細めた目で獅子若を見つめると、馬たちの方にむかった。

佐保が草をやった馬たちは、その間に獅子若が見つけてきた清流で体を洗ってやる。洗い終ると出立した。

春風と愛染大夫、三日月と蛟竜は——真っ白い日差しがそそぐ湖東を、北へ行く。

速歩で進行する四頭は、右前脚と右後脚を同時に出し、次に左前脚と左後脚を同時に出す。側対歩《そくたいほ》といって、体力の消耗が少ない。

これに対し西洋の馬は、右前脚と左後脚を同時に動かし、次に左前脚と右後脚を出す。このやり方の方が疲れやすい。全力疾走では西域の馬に劣る日本馬だが、険しい山道を、人や荷を乗せて行く場合、その実力《ちから》は西洋馬に勝るとも劣らない。

規則正しく春風に揺られる獅子若の左で、葦やマコモ、笠菅《かさすげ》の原に柳が佇《たたず》む光景が次々に後ろにおくられていった。葦原ではヨシキリが囀《さえず》り黒緑に鬱屈した里山ではツクボウシが啼《な》いていた。

佐保が白き馬、愛染大夫を近づけてくる。

「ねえ、獅子若」

「何だ？」

掌《てのひら》で風を切り、春風に近づいてきた虻《あぶ》を払う。

「さっき、わたし……馬のおこわの原っぱを見つけてきたの。廃墟《はいきょ》のすぐ南にあったの」

「………」

「春風は馬のおこわを実に美味《おい》しそうに食べていたわ」

「よっぽど腹が減っていたんだろう」

獅子若は、褐色の体でたなびく黒い鬣《たてがみ》を撫《な》でながら返す。あきれた、という面差しを浮かべた佐保に、

「どうして他の馬たちと、蛟竜は、こうも体のでかさが違う？　春風たちが大人だとしたら、爺《じい》さんの蛟竜……ふっ、そんなご大層な名の馬とも思えねえけど、あいつだけ、子馬みてえじゃねえか。だけど、あいつ、子馬じゃねえんだろ！」

十阿弥に聞こえるように言葉をぶつける。

「何か言ったか獅子若ぁ」

湖風が土埃《つちぼこり》を掻き立てる中、十阿弥が土色の唾を吐き、蛟竜が大きくくしゃみをする。くしゃみと同時に蛟竜は糞《くそ》をひる。

「それは……天下にいる馬には二種類いるからだと、前頭は言ってた」

天下とは、日本六十余州を差す。佐保は思い出した。

「北……蒙古《もうこ》方面から、朝鮮を通り、本朝に入って、山陰、北陸、東国に広がった馬。

この馬は体が大きい。木曾馬、甲斐駒、南部馬などだわ。蒙古馬を先祖にもつ馬たち。だから関東武士がまたがる馬は総じて体が大きい」

獅子若はうなずく。

「そうではなく、南西の方、唐《から》の南の方から……」

中国大陸南部や、台湾の方からという意である。

「琉球《りゅうきゅう》など六十余州の南西を、島から島へ渡る形で入ってきて、鎮西や四国の南に広がっていった馬たち。土佐《とさ》馬とか伊予《いよ》の野間馬とか鎮西の馬とか。これらの馬は、体がとても小さいの」

蛟竜のことである。

道端にあった柳が湖風にどよめき緑の葉を舞わせる。それが、獅子若と佐保にかかる。春風に揺られる獅子若は、二人にかかった葉を太腕でどけながら、

「だけどよ、都で鎮西の武士の一行を見たが、でかい馬に乗ってたぜ」

「武士はね……だって鎮西の武士は、鎌倉殿が世を治めていた頃に、東国からうつった人が多いでしょ？　大友《おおとも》様とか、伊東《いとう》様とか。その時に東からつれて行った大馬の子孫に、またがっているわけよ。位の高い武士はそれこそ甲斐駒を買い求めるし」

「なるほど」

「だから鎮西では、武士は大きい馬に乗り、百姓は小さい馬をつかっていたわ。だけど、

百姓仕事もしているような貧しい武士で、小さい馬に乗っている人もいた」

素直な感心が、獅子若の剣呑《けんのん》な表情をやわらげた。

「……お前、結構、物知りだな」

「それはいろいろな所を旅しているから。ただ、わたしは、広く浅く世の中のことを知っていると思うの。近江と京のことは、獅子若の方が全然深く知っている。だから、鯨の捜索と、都までの旅では、お世話になります」

「都までつき合うとは言ってねえけどな」

少し意地悪く言うも、残暑で顔を赤く汗ばませた佐保はぺこりと頭を下げた。

「そんなふうにたのまれると、断りづれえな」

右手で手綱《たづな》をにぎり、左手でいかつい顎をさすった時、筑前尉が前を指す。

「お、葛が咲いておる」

黒い馬、三日月にまたがった筑前尉は先頭にいたが、ちょっと振り返り獅子若と距離をちぢめようという気持ちがこもった微笑を浮かべた。

「葛は春風の好物であったな?」

「ああ、馬のおこわより、よっぽど好きだぜ」

琵琶湖の東、内湖が散在する大葦原を北上する獅子若たち。前方で、まばらに佇む木の何本かに豆科の蔓草《つるくさ》・葛が、木を押し潰す勢いでからんでいる。

赤紫の房状の花をそこかしこに咲かせた葛をみとめた春風は勢いよくすすみ出す。

他の馬たちも、つられた。

「もうここで、食べさせましょう」

佐保は言った。馬は、日に何度も喰《く》らう。

四頭は葛を無心に食し、四人は傍らに佇む。

褐色の体に黒い鬣をもつ大いなる牝馬《ひんば》、春風のすぐ傍《そば》で子供と言っていい体軀《たいく》の蛟竜が葉《は》を食む。伊予の牡馬《ぼば》、蛟竜は、葦毛——生れた時は茶色など他の色だが、徐々に白毛がまし、亡くなる頃には白一色になる馬。焦げ茶色の胴部の所々に白い池のような領域が広がりつつあった。どこか、みすぼらしさが漂う馬だが、ボロ衣を着た、短髪の老馬借《ばしやく》、十阿弥によれば、

『泳がせれば天下一』

とのことである。

佐保の白馬、愛染大夫は牝《めす》。筑前尉の黒馬、三日月は牡《おす》で、この二頭は仲がよい。今も隣り合って草を食んでいた。

獅子若たちも干《ほ》し飯《いい》をかじる。黒く日焼けした獅子若の喉が、乾燥した米粒を呑み込む。

「お前らの馬は馬のおこわ好きか。他の好物は？」

「その話をさっきから、ずっと引っ張るわね」

佐保が笑う。

筑前尉は飛んできた蠅《はえ》を手で払うと、鼻の下に一文字にたくわえた髭を撫で生真面目な顔で言った。

「わしの馬は、笹《ささ》。特に、熊笹を好む」

「笹が好きそうな顔をしているぜ。三日月は」

獅子若は相槌《あいづち》を打った。

少しはなれた葦のあわいから、一行を注視する妖火を孕《はら》んだ双眸《そうぼう》があったが、獅子若たちは気づいていなかった――。


昼過ぎ。

一行は朝妻に着いた。荒くれた馬借や車借《しゃしゃく》、船乗りどもでにぎわう町だ。町に着くや、下馬している。騎乗のまま武士と遭遇する訳にいかない。中世の庶民には馬に乗る者がいた。近世になると、庶民が馬に乗ること自体が「罪」になる。

さて、朝妻――室町期の材木市場を考える上で、重要な湊町《みなとまち》である。

この湖に面した湊が取り扱うのは日本の中央地帯、飛驒山脈、木曾山脈にそびえていた高木どもだ。初めは一本流し、次に筏《いかだ》流しで、急流を駆け下った材木どもは、墨俣《すのまた》に集結。そこで乾かされ、馬借車借に引き渡される。

文安《ぶんあん》六年（一四四九）、室町幕府は、材木をはこぶ牛が引く車一千両と、駄馬八千頭が、東山道醒井《さめがい》を無事通過できるよう指示を出している。年間でこれだけの数の牛車、駄馬が、五畿内の大きな建物をつくるため――街道を行き来している訳である。

疲れ切った馬たち牛たちは朝妻でようやく荷が下せる。ここからは、「朝妻舟」が西にはこんでくれるからだ。朝妻舟は材木をはこぶ舟なのだが、妻の一字を孕むがゆえに、いつしかエロティックな夢想を昔人に搔き立て、物語世界の中では遊女を乗せた舟として現れるようになる。たとえば謡曲・室君《むろぎみ》がそれである。

馬を引きながら獅子若が言う。

「ここには、さかんに馬市が立つ。馬好きがあつまる。鯨がそれほど目立つ馬ならよ、何かしらこの町に噂が立つと思ってよ」

琵琶湖に接するように船着き場があって、朝妻舟がたまっていた。屋根がついた材木置き場で榑《くれ》や板がうずたかくつまれていた。板壁、土壁の民屋は、総じて板葺《いたぶき》屋根か、葦葺《よしぶき》屋根であった。

男を中心とする大勢の人間と数知れぬ牛馬が行きかう町だった。船大工の家や舟にのせやすくするため材木を加工する小屋が目立つ。風が吹く度、もうもうと、砂塵《さじん》、大鋸《おが》屑《くず》が立つ。

「馬市の方に、行ってみようぜ」

天秤棒《てんびんぼう》で取れたての茄子《なす》と白瓜《しろうり》をかついだ、痩せた百姓とすれ違う。

褐色の衣を肩脱ぎした琵琶《びわ》法師が下駄音《げたおと》を高らかに道を歩きながら撥《ばち》で絃《つる》をふるわす。弟子であろう、白い地に黒色の水玉という小袖を着た盲目の小僧が、黒い杖《つえ》を突きながら琵琶法師の後を追う。

板を山のようにつんだ車を、眼《め》を怒《いか》らせた黒牛が引いている。赤ら顔の車借がその牛を叱っていた。

烏帽子《えぼし》をかぶり諸肌《もろはだ》をぬいで大鋸《おが》を引く逞《たくま》しい男。分け荷にした薪《たきぎ》をかついだ、裸同然の男。丸太を二本引きずってゆく、疲労困憊《こんぱい》の馬。声高にしゃべりながら道に転がった牛馬糞《ふん》を片づけてゆく、曲げ物師の娘と草鞋《わらじ》屋の娘。通行人に鋭い視線を投げかける、薙刀《なぎなた》を光らせた三人の武士。

この時代、庶民の男は髪を一つにたばねていたが、月代《さかやき》をそる者は稀《まれ》だった。庶民の女は長くのばした髪がはたらく際に邪魔になるため、後ろで一つにたばねたり、その毛先を結び目までもち上げ再度むすんで短くしたり、長い髪を桂巻《かつらまき》という布ですっぽりつつみ込んだりしていた。

こうした者たちが暮すのは都は別とすれば二階家は滅多になく、小屋と言っていい粗末な家屋であった。

馬市を目指す四人と四頭は、左様な街並みを行く。馬は引き手綱で引いている。頭上では日輪が燃えたぎっていて町の中では牛馬糞が熱く蒸されていた。

「暴れ馬じゃ！　恐ろしく大きい馬じゃっ！」

と、声がひびいた。

「――鯨？」

佐保の顔面が青くなる。

近くに武士がいないと見た佐保は、夢中で馬に乗る。

残り三人もまたがる。

馬体を足で圧迫し、佐保は愛染大夫をすすませる。町中ゆえ全力疾走はできない。斯《か》様《よう》な場所で走らせたら、数知れぬ死傷者を出してしまう。彼女は華麗な手綱捌《さば》きで、白馬を軽く駆け足させた。

筑前尉と十阿弥、そして手綱捌きにおいてやや彼らに劣る、獅子若がつづく。

佐保は、二人の市女笠《いちめがさ》の女とその子供の間や、丸太を引きずる駄馬と駄馬のあわいや、赤い布でくるんだ荷物と筵《むしろ》を痩せた背中に負うた旅人と、立ち話をしていた船大工の間隙をぬうように、ジグザグにすすんでゆく。

（……凄《すげ》え！）

馬をすすませる獅子若は瞠目《どうもく》する。

佐保は桐油《きりゆ》屋の角をまがっている。

「鯨!」

佐保の悲鳴がひびいた刹那、獅子若も角をまがった。

「――!」

殺気に気圧《けお》された白馬、愛染大夫が棹立《さおだ》ちになっていた。佐保は振り落とされまいと、しっかり足で馬体をはさんでいる。

「何だ、あの馬は……」

獅子若は呟《つぶや》いた。

それは、草食獣というより黒い猛獣――漆黒の悪意が凝集して動き出し、それがたまたま馬の形をとったものと呼んでよかった。

(春風より一回りでけえ……。こんなでけえ馬、見たことねえ)

双眸は爛々《らんらん》と光っている。

鯨――佐保が呼んだのだから間違いはあるまい――は、怪力を後ろにため込み、黒い後脚で暴風を起しながら蹴り上げ、その後ろに放たれる痛蹴に、ため込んだ力を火柱にして一挙にそそいでいた。

爆発するような力強さが籠った蹴りだった。

彼が執拗《しつよう》に蹴っているのは、笠屋だ。

笠と傘を商う店の、往来に差し出された見世棚。

棚の上には笠が並べられていて、その一部は黒塗りだった。店内には黒い唐傘もみとめられる。黒い牡馬《ぼば》は徹底的に笠屋を攻撃している。

見世棚は一蹴りでぶっ壊され、今や、小店全体が、怪馬があたえる桁外れの衝撃で、崩れそうになっていた……。

佐保たちは鯨が何故、黒い笠を憎むか心当りがあるようだったが、獅子若は知る由もない。

店主が、

「やめてくれ！　店が、壊れてしまうっ」

壊れた見世棚に並んでいた笠が、踏みにじられる。鯨は網代《あじろ》壁を蹴り出した。檜《ひのき》の薄板を互い違いに編んだ非力な壁が物凄《ものすご》い蹴りで砕ける。穴が、開いてゆく。木片が、散る。

「やめて鯨！　……もう、やめて」

悲鳴を上げた佐保は涙を流していた。

力自慢の美濃馬借が四人、駆けつける。佐保が止める間もなく、美濃馬借は荒々しく叫びながら、鯨を止めようとした。

鯨が尻を美濃馬借にむける。

後脚が、突風を起す。

馬になれていない男なら屠《ほふ》られる蹴りであった。首より上が――丸ごと吹っ飛ばされる一撃だ。

敏捷《びんしょう》な美濃馬借は、蹴りの魔風が肉迫するや、何とか体をのけぞらせたり、ひねったりして、死はかわしている。

が、一人はよけようとして、体勢を崩し、三方《さんぽう》や木箱などをつくっている小屋に倒れ込む。三方の山が、ガラガラと崩れて、白髪の職人と鑿《のみ》などの工具に襲いかかる。

いま一人は肩を粉砕され、数間《けん》飛び――旅店《りょてん》をしている家の土間に体を打ちつけられ気絶した。

(こいつ――とんでもねえ暴れ馬だ)

獅子若はぞくぞくしながら笑《え》んでいた。ここまで凄《すさ》まじい悪意を人間にぶつけてくる馬を彼は初めて見た。その圧倒的な量の悪意が、獅子若には心地良い。

自分に近しき者と思うからだ。

馬は本来、臆病で、やさしい獣。それがここまでの闘争心と敵意の塊と化すとは何事か――。

「鯨、やめて。わたしたちよ。……わかる?」

涙をぬぐった佐保が、澄み切った声で言った。女菩薩《にょぼさつ》が如き声であった。獅子若の少し前方、白馬の背から下馬する。佐保は、両手を広げるようにして立った。

鯨は燃えたぎる目で佐保を睨み、前半身を低く落とし、黒胴《こくどう》をぶるぶるわななかせている。相手が佐保だとわかっているかどうか怪しい。獅子若が、件《くだん》の大馬の双眸から感じたのは敵意――この一念だ。

「もう暴れるのはお止《よ》し……。わたしたちとの旅を、つづけよう。ね？」

なごやかに話しかけながら佐保がゆっくり前へ出た。

刹那――鯨が、動く。数歩前に出た鯨は、前脚を勢いよく振り上げ、棹立ちになる。酷《ひど》い切り傷、執拗な切り傷を全体的にきざまれた黒い体が、躍動する。蹄《ひづめ》が佐保に落下する。

「佐保！」

「佐保様っ」

獅子若、筑前尉が、口々に怒鳴る。

土埃が、立った。佐保は間一髪かわしている。体のすぐ前に、蹄がある。

駆け寄ろうとしたその時、獅子若は何かをみとめた。光。鯨の数間奥、民屋で、何かが光った。

明らかに殺気が籠ったそれは――佐保を狙っていた。

間髪いれず、黒い竜巻となった鯨が、光が飛んでくる方に、飛び込んだ。飛行する光が、黒風となった鯨の胴体ではね飛ばされ、地面に落ちる。

(短刀……狗神衆かっ)

青鹿毛《あおかげ》の馬の体から血が流れていた。投げられた刃によって、肉がえぐられたのだ。

と、民屋から、男が駆け出す。再び短刀を投げようとしている――。

それより前に筑前尉が金礫《かなつぶて》を放つ。

金礫に胸を叩かれたそ奴は血を吐きながら、派手に吹っ飛んだ。巡礼風のかなり屈強な体をした男である。

倒れた男の体に鯨がのしかかった。怒りをおびた圧倒的な体重が男の体を踏み潰す。

ぎらつく太陽の下、砂埃と男たちの汗の臭い、さらに馬糞から湧いた虻や蠅で溢《あふ》れた町で、鮮血の池がゆったりと面積を広げる。

「何事じゃ!」

「いかがした!」

京極家につかえる侍たちの声がひびいた。

「喧嘩《けんか》だよ! あのおじさんたちが巡礼に礫を放り、あの恐ろしい馬が巡礼を踏み殺した。どうも、馬も、あのおじさんたちのらしいよ」

往来にいた童子が応答している。――黒い笠をかぶった子供だ。ずるそうな笑みを浮かべて、狡猾《こうかつ》な手振りをまじえ、いかにも獅子若たちが悪党の張本であるような印象を、あたえた。

「何っ、盗賊かもしれぬな。ひっ捕らえい！」

侍たちが叫ぶ。

自力救済の世ではあるが、町の治安を大きく乱すような輩《やから》はやはり侍から追われる。今、朝妻の町の治安を決定的に乱す者と、獅子若たちは見なされた。

真夏の川の水面《みなも》にちらばった白い乱反射のように、瞳を焼く鋭さをもった剣光が、いくつも迫ってきた——。

「佐保——」

獅子若が叫ぶ。

佐保は、茫然《ぼうぜん》としていた。変り果ててしまった鯨がぶつけてきた衝撃が冷めやらぬようであった。

その鯨だが、大きく一度、嘶《いなな》くや、赤く濡れた蹄を踏みしだいた。傷だらけの体が目に痛い。黒い尾を一同に見せ、猛馬は走りはじめる。

獅子若が、

「筑前尉、十阿弥、あの侍どもを礫で何とかしろ。俺は佐保と鯨を追う」

筑前尉と十阿弥は、無言で同意した。可憐な唇をきりっとむすんだ佐保も素早くうなずき、黒い垂髪をふわっとふくらませ白馬にまたがる。

(何て速《はえ》え馬だ、鯨)

獅子若と佐保は朝妻を、全力疾走する。

春風はまだ余裕があったが、佐保がまたがる愛染大夫は息を切らしそうだ。

町の人々は、三頭の暴走する馬を見るや、悲鳴を上げながら、道の両側に惑い走る。

春風が全力で駆けられるのは、一里くらいだろう。一里疾走すれば彼女はばててしまう。その日、もう一度、走れれば良い方だ。愛馬に全力疾走をさせたくなかった。

(だけどよ——鯨が疾走している以上、全力で追うしかねえ)

町を、出る。

佐保がやや遅れたか。

獅子若と春風は、萩《はぎ》や山吹《やまぶき》が茂り、浅茅《あさじ》が展開する原野に入った。

こちらに背をむけ、ゆっくり行進しながら草を啄《ついば》んでいた鶉《うずら》の群れが鯨に驚き、一斉に飛び立つ。

鯨と春風の差は少しも埋まらない。かといって、引きはなされている訳でもない。

顧みると佐保と白き愛馬は、大分、小さくなっている。

(さすが、首領の馬とされるだけのことは、ある!)

しかし、それについて行く春風も相当な実力の持ち主。

手綱を強くにぎりながら獅子若は笑む。――何かが、無性に楽しいのだ。鯨という馬への興味が、自分の中で積乱雲が如くむくむくとふくらんでくる。

（……好きだぜ。てめえが好きだっ。てめえみてえな奴が、俺は大好きだ！　春風もきっとそうだぜ、鯨よ）

――目に入った汗を獅子若がぬぐった時である。

鯨が、大きく、体の平衡を、崩す。

泥飛沫《どろしぶき》が上がる。

草に隠れていた大きな水溜《みずたま》り――池と呼んでいいくらい大規模な水溜りが、左脚を呑み込んだようだ。

荒々しい悲鳴が飛沫と共に大地を転がる。鯨は、勢いよく横転した。

獅子若は手綱を引いて春風を止めると、馬から降りた。

ゆっくり、近づいた。

鯨は立ち上がるも衝撃で逃げる気力をうしなったらしい。鼻に入った水を勢いよく噴き出し、濡れた体をぶるぶるとふるわして幾多の滴を飛ばしたが、もはや走ろうとはしない。

ただ――じっと獅子若を睨んでいる。

蹄でさかんに草を削り、双眸は凄んでいた。

両者の周りでは赤紫の萩が咲いていた。

立ち止った獅子若の足に何かがふれた。鳶《とび》の骸《むくろ》であった。なめらかな光沢をもつ翼や、黄色い鱗《うろこ》におおわれた足などは、傷一つなく綺麗にのこされていた。

だが、頭や腹は、違う。

無惨そのものである。

犬か狸が、喰っていったのだろうか。肉はほとんどない。ゴミが引っかかった土色の網に似た醜状を呈している。そして今、黒い小川のようになった蟻《あり》の大群が、せっせと残りの肉を真《まこと》に小さな肉団子にして運搬していた。もっとも強い鳥の仲間である鳶も命を落とせば、小さい虫たちの餌食になるのだ。

まじまじと馬体を眺める。

青鹿毛たる鯨。

黒が目立つ胴のいたる所に傷があった。古傷もあれば、あたらしい傷もある。古傷は佐渡にいた頃、人にしいたげられた傷、あたらしい傷は、佐保の父が亡くなった後、悲嘆に陥り滅茶苦茶に野山を疾走する中で、篠竹《しのだけ》やイバラがつけた傷と知れた。

獅子若は目を細めて鯨を見つめている。抱きしめてやりたいほど、この傷だらけの馬が愛《いと》おしかった。

(もしかしたらよ、お前……初めて自分を温かく受け入れてくれた男の仇《かたき》を取りてえから……はぐれ馬借から、はぐれちまったのかよ？　一頭で狗神衆追いかけてたんかよ？）

呼びかける。

「嫌いじゃねえぞ、おう、鯨」

鯨は呼気を鋭気とし、獅子若を威嚇する。

「何だ。――片思いかよ」

蹄の音がした。

佐保が追いついた。彼女も、下馬した。まったりと重い草いきれが二人をつつみ、黒緑に暗い裾山では数知れぬ蟬《せみ》ががなり立てている。

佐保は真剣な面差しで鯨に歩みよった。

明らかに、いつもより表情が硬い。首領の娘として、何としてもこの馬にまたがらねばならぬという使命感があって、その使命感ゆえ表情が硬くなってしまうのだろう。

獅子若は、佐保が孕んだ真剣さが危うい気がした。あらゆる馬をすぐに手なずけてしまう佐保は温かい包容力を武器とする。だが、ぎこちない真剣さは包容力を崩す。さらに、この凶暴化した大馬は包容力すらもこばんでしまう気がする。

「やめとけ」

佐保に、声をかける。

「俺がつかまえる。――その代り、上手くいったら、こいつを俺にくれ」

獅子若は、強く言った。

顧みた佐保は小さな驚きを見せ、無言のまま立っていた。やがて、唇を開く。

「……いいわ。やってみて」

獅子若は別にはぐれ馬借衆の頭《かしら》になりたい訳ではなかった。ただ単に、佐保の力になりたかった。そして、鯨という馬に強い興味を覚えたのである。

佐保の隣に立つ。

二人は、うなずき合った。

一歩、踏み出す。

汗で白くなった黒々しい筋肉に圧倒される。憎しみの塊が猛《たけ》き肉体となって、佇んでいる気がする。

さらに一歩、近寄る。

鯨は前半身を一気に低め、白い歯を剝《む》き——怒りをふくんだくぐもった声を発している。

物凄い量の殺気が圧となって獅子若にぶつけられた。全身の力を込めて、獅子若を否定してきた感じであった。

獅子若は、思わず一歩のけぞった。

「獅子若……」

佐保が心配そうに声を発した。

「大丈夫だ。……鯨ぁ、そんなに嫌いか……人間が」

直進はあきらめる。間合いをつめずに円を描くような形で、ゆったりとした足取りで鯨の周りを歩く。汗ばんで痒《かゆ》くなった喉をぬぐった獅子若は、

「わかるぜ、お前の気持ち。……もう誰も信じられない。誰も、近づけたくない。そういう気持ちだろ？」

悲哀《かなしみ》を孕んだやさしい声だった。獅子若が見せた穏やかさに、佐保は驚いている。

鯨は、低く、みじかく、嘶いた。その嘶きは不穏な遠雷に近い。

「俺も、似たような気持ちになった覚えはある。まあ、完全に、誰も信用できねえって訳じゃねえ。信じられる人は、少ねえがいつもいた。それが心の支えだった」

佐保は獅子若と鯨、交互に視線をおくっている。

緑色のぶつぶつの果実を沢山つけたギシギシという背が高い野草が剛毛を生やした獅子若の脛《すね》にふれた。

「それが誰もいなかったら、俺もお前と同じような者になっていたかもしれねえ。そんな自分が……恐ろしい」

鯨は、嘶きを止めていた。両耳をつんと後方へ突っ張らせ、厳しい目で獅子若を見据えていた。

——己がかかえる闇と、鯨がいだく闇が、重なり合ってゆく気がした。

獅子若の大きな掌が無造作に萩の枝をつかむ。毟《むし》り取ろうとしたが、ためらう。

豆科植物特有の丸っこい花が咲き乱れていた。蜜をもとめて、蝶《ちょう》が、飛び交っている。

花咲く枝を手折《たお》らずに、獅子若は手を放す。

「お前の体……傷だらけじゃねえか、鯨ぁ……」

鯨だけではない。自分の体も傷ついている。傷だらけの者同士だからこそ……この馬が無性に気になる、この馬と心を通い合せられるような気がするのだと、獅子若は気づいた。

逆に佐保の心の傷は獅子若ほど大きくない。

父親を、狗神衆に討たれて深く傷ついたであろうが、それまで歩んできた道が獅子若とは違う。故に佐保は今の状態にある鯨と心を通わすことができないのだと獅子若は気づく。

佐保も、同じふうに感じたようだ。

春風の澄んだ瞳は——じっと、鯨に、そそがれていた。

「とにかく、その傷、綺麗な水で洗ってよ、手当しなきゃいけねえぜ。俺たちと……こいよ、鯨」

一歩近づかんとするも、鯨はびくっと体を警戒させている。

（まだ、駄目か）

獅子若は、かすかに歯噛みする。

その時だった。

ふと、春風と目が合う。無意識に獅子若の唇が呼んだ。

「春風」

春風が動いた。

ゆったりと褐色の脚を動かした春風は、獅子若と鯨の間にむかって歩みはじめる。鯨は静かに睨んでいたが、大きな反応をしめさない。春風が立ち止った。獅子若と鯨の丁度、中間だった。獅子若に面を振り、次にさそうように鯨に面を振った。

ゆったりと再び歩み出す。

鯨がついてこないと春風は立ち止り、顧みる。鯨が動くまで動かないという意志が感じられた。――鯨が、動き出す。獅子若と佐保は一気に顔を輝かし、見つめ合う。

春風は澄んだ小川につくと、水を飲みだした。鯨も、それに、習う。

獅子若と佐保がじわじわ近づいても、平気だ。

「いいぞ……いいぞ」

獅子若が呟く。

佐保の父、将監の死によって、鯨は仲間たちからはぐれてしまった。だが同じようにぼろぼろに傷つき孤独の深淵《しんえん》に沈んだ男、獅子若と、他の馬が傷つけられることを何よりも嫌う南部馬、春風によって、またその輪にもどってくることができた。

微笑を浮かべた獅子若がごく近くまで行っても嫌がらなかった。

獅子若は清らな水で、血と泥で汚れた鯨の傷口をやさしく洗ってやる。筋肉を硬く緊張させているが抗《あらが》わない。傷を清める水が、硬かった馬の心をほぐすのか、眼色が穏やかになる。

馬借道具の一つである馬の櫛《くし》で、鬣をゆっくりとくしけずる。寄生虫を払う。

（まだ乗るのは早《はえ》えが、こいつの心は開きつつある）

佐保はそんな獅子若と鯨を心から嬉《うれ》しそうに眺めていた。

「ありがとう、獅子若。鯨を……鯨をもどして下さった」

叫びたいのを懸命にこらえ、押し殺したような声音だった。懐から貝殻を取り出した佐保は、それを獅子若に渡した。

「何だ、これ？」

「はぐれ馬借衆につたわる馬の傷薬。秘伝の膏薬《こうやく》だわ」

「俺がつけてやっていいのか」

佐保は笑みをこぼしながら、首を縦に振る。

川から青鹿毛の猛馬を出した獅子若はあたらしい傷口に塗り薬を摺《す》り込んでやった。

鯨はされるがままになっていた。獅子若も、春風と同じ仲間とみとめたようだ。侍たちを振り切った筑前尉たちも合流する。

「追手がおるやもしれぬ。森に、隠れよう」

袴《はかま》についた草の実を落としながら、筑前尉は、提案した。

原野からはなれ、樫《かし》類の木立に入る。暗い密林で蟬時雨《しぐれ》が喧《かまび》すしい。

木蔓《つる》が巻きついた幹に馬たちをつないだ馬借衆は木下闇《このしたやみ》で今後について話し合う。

佐保が、

「——鯨はもどった。一刻も早く、任務を果たさねば。京に急がねば」

任務とは、東国の只《ただ》ならぬ事情を知らせる密書を、管領・畠山満家にとどけること。

だが、問題が二つある。

一つは、騎馬の武士の追手は関東で振り切ったが、いまだ狗神衆なる刺客に追われていること。粘り強く追ってきて、こちらの行動を先まわりするため、振り切れていない。

いま一つは、栄覚との一件がある、獅子若が、叡山領に立ち入れないことだ。湖西は叡山領の農漁村が広がっている。

十阿弥が、

「塩津《しおつ》の領主は？」

「熊谷《くまがい》という、幕府の侍だ」

獅子若が、言った。十阿弥が首肯する。

「ならば、獅子若が立ち入って良い訳じゃな？　塩津で西大津を目指す舟に乗ればいいのでは？」

琵琶湖の北東にあり塩を始めとする越前国の荷があつまる湊が塩津だった。いや、日本海の水運を考えれば、越前だけでなく……越中《えっちゅう》、越後、出羽《でわ》、蝦夷ヶ千島《えぞがちしま》西部、北日本海諸国の経済とつながった湊が、塩津なのだ。塩津《ここ》にあつまった北国の物資は舟で東坂本や大津へはこばれ、都へ流通する。逆に北西、若狭に開かれ鉄など西日本海の物産があつまる琵琶湖の玄関口が、今津《いまづ》である。

塩津で舟に乗り、三井寺領・西大津を目指す——という策がかたまった。

人目を忍んだ一行は、湖岸ではなく伊吹《いぶき》山地を北へ動く。その日、彼らは苔《こけ》むした白樫や着生植物の衣をまとった楠《くすのき》の森の底で、野営した。

翌朝、春風にまたがった獅子若を先頭に、白馬、愛染大夫と佐保、次に黒馬、三日月に揺られた筑前尉、殿《しんがり》を小さな蛟竜に騎乗した十阿弥がつとめ、北上する。鯨は春風につないである。

朝霧の中、北へすすむ獅子若たちは、昨夜泊った野営地に妖者が四人現れ、犬が如き姿でさかんに臭いを嗅ぎまわっていることを知らなかった——。

伊吹の山麓を行く一行。

山神が手や触手として、黒い森をそびやかす。その樫類の樹叢《じゆそう》のそこかしこから霧が発せられ、曇天の下に広がる山里や、谷間《たにあい》につくられた田を、おおい隠してゆく。白く激しい怒濤《どとう》となって、その瓣、やけに静かに森を流れていく。

馬を小走りさせて山道を行く獅子若の前に霧の壁が立ちふさがっている。

それが、不意に、切れた。

視界が開けた。

右手は、山並みである。白樫やアベマキ、楠の高木が森厳と佇む。

左は、人がつくった林だ。竹林と栗林。油実《ゆじつ》を取る油桐《あぶらぎり》の林と、養蚕《ようさん》用ではなく指《さし》物《もの》にすべくそだてられた、山桑《やまぐわ》の林などだ。天気が良ければ林の向うに琵琶湖が見渡せるだろう。だが今、鳰《にお》の海は深い霧にさえぎられ判然としなかった。

人造林と、自然林のあわいに、田が開ける。

村落はもう少しはなれた場所にあるらしく、人影はない。

地蔵の祠《ほこら》と、わびしさをにじませた案山子《かかし》がみとめられ、獣をおびやかすための鳴子《なるこ》が吊《つ》られている。

油桐の林では大きな葉のいたる所に虫喰い穴が見られた。油を取る緑実《み》は、丸くふくらんでいた。

前方、田んぼの脇に杉が三本みとめられた。その杉が、どんどん近づいてきた。

地蔵の祠の真左を一行が通る。何処《どこ》かで、郭公《かっこう》が鳴いた。

――その時だ。

地蔵の祠の中で、殺意の金属光がきらめいた。

ヒュッ。

光の筋が真《ま》っ直《す》ぐに佐保の横首を貫かんとする。

「佐保様!」

大喝した筑前尉が、鞭《むち》を振る。

祠から猛速で投げられた短刀を――払い飛ばす。

現れたのは、童子だった。昨日、朝妻で侍たちをそそのかした童《わらわ》だ。

「狗神衆じゃ!」

十阿弥が咆哮《ほうこう》すると同時に、童の手から二剣目が放たれる。筑前尉は、さっと面を下げ、殺気の鋭風をよける。寸刻置かず印地打ちした――。

――速い。

京童《きょうわらわ》や、東坂本の悪童の印地は、己の内に燻《くすぶ》る暴力への衝動や世の中の不満なぞを火柱にして相手にぶつける。

筑前尉の印地は違った。

それは刀をもたずに無法の世を旅するはぐれ馬借が、殺さずに自衛するための手段であった。

命を取らず、されど戦う能力《ちから》を奪う——。

だから彼は今、首より上を狙っていない。肩を狙っていた。

だが、狼になりきった童子は、甲高い遠吠《とおぼ》えを連発しながら、異常の敏捷を発揮。つむじ風を巻きながら、祠の向う側に消えた。

金礫は石地蔵に当った。六体ある地蔵の一つが上部を粉々に砕かれた。

祠の反対、朝霧がたゆたう田で、案山子が、動く。陰から何者かが現れた。老婆だ。両手ににぎった二本の鎧通《よろいどお》しが同時に放たれる——。

佐保と十阿弥を貫くかと思われた短刀は、いきなり向きを変え、獅子若、筑前尉の胸に、刺さろうとする。

「気をつけろ獅子若！」

筑前尉は、叫びながら、鞭で払い落とす。

反射的に手で短剣を食い止めた。

「助かったぜっ」

皮膚が裂かれ、血が流れた。毒の香《か》がしたが気にしていられない。

にぎり直し——投げ返す。

鍛え抜かれた肩に渾身《こんしん》の力を込めた。

短刀は電光石火の速さで、老婆の腕に刺さった。

「ギャン！」

犬に似た悲鳴がひびいた。

鮮血を飛沫《しぶ》かせながら、老婆は稲がつくる海の底に沈む。

佐保は乱戦の中――目を細めて獅子若を見ている。胸に当てることもできたが、あえて腕を狙った。

（……少し前の俺なら、容赦なく胸に当てていた）

愛染大夫、三日月、蛟竜、この三頭は……場馴《ばな》れというか、こういう襲撃に馴れっこなのだろうか。平然と佇みじっとしていた。

だが、獅子若がまたがる春風はおののきに襲われていた。春風につながれた佐渡の牡馬――鯨は何かを予期し、殺気立っていた。鬣を逆立て地面を蹴りはじめる。

暗い妖気が一つ、三本杉の陰から現れている。

数間前方、黒い編笠に隠されて相貌はうかがい知れぬが滾々《こんこん》と湧き出《い》づる凄気《せいき》を総身にたくわえた人物だ。

狗神衆をたばねる頭目――獅子若の本能がそう告げていた。

同時に、鯨が異様な反応を見せる。

前脚が土を蹴る勢いがまし、目付きが鋭利になる。全身の皮膚がぶるぶるふるえ歯噛み し涎《よだれ》が飛沫《しぶ》く。蹄の一つ一つに、闘気がこもっている気がした。鯨の反応が春風に影響する。一層乱れる春風の脚を落ち着いた手綱捌きで鎮めながら、

「佐保。——あいつなのか？」

獅子若は問う。

佐保は眉間に険しく皺《しわ》をよせ、唇を強く噛み、首肯した。

前頭を殺《あや》めた男——狗神衆の頭目は言った。

「——新顔が一人、ふえたようじゃな。じゃが、同じことぞ。我らはうぬらを何処までも追う。その密書をとどけても、うぬらの最後の一人が倒れるまで、追いつづける」

冷厳たる声である。青白い顔で双眸は鋭い。

「朝妻で我らの仲間を一人討った。そこな、馬がな……。うぬらの、仲間がな。である以上、うぬらを一人として生かしておく訳にはゆかぬ。それが我らのやり方じゃ」

「おい狗神衆の親父《おやじ》」

獅子若が、言いかぶせる。

「仲間を一人討たれたとか言ったが、この佐保の親父もてめえに討たれた。……だろ？」

同時に獅子若らの後方に四人目の狗神衆——でっぷりと太った巨漢が現れ、退路を断つ。巨漢の両手で鎧通しが光る。獅子若たちは前方に首領、後方に巨漢、右側に地蔵の

祠に隠れた童、左側に稲田の底で腕をおさえた老婆、四人の刺客にかこまれた。

癘鬼《れいき》を思わせる、陰鬱なる声で首領は、

「それは、うぬらの頭が正しき神を信じていなかったからじゃ。我らは正しき神を信じておる。――狗神様をな」

四国地方に犬神、すなわち狼を神格視して信奉する者どもがあり、時には人に害をなす怪しげな呪術をおこなっていたという。この狗神を飼っている家を「狗神持ち」と言い、様々な術をつかい、怖《おそ》れられていた。

四国における狗神の作り方だが、まず、狼か犬を地面に首より上だけ出した状態で埋める。ごく近くに餌を置く。ぎりぎりとどかない。狼か犬は喰いたいという食欲、この一念の結晶と化す。発狂寸前の食欲に憑《つ》かれたその首を刀で斬る。斬られた首か、首をうしなった胴体を神体として崇める。一つの強力な思いが凝り固まったものなので神がかった力をもつと信じられたのだ。それは、やがて、腐る。蛆《うじ》が湧く。この蛆を干して黒焼きにした粉末が狗神の力をやどした呪物とみなされていたのである。狗神の力はとても強く敵を殺めたり、その富を掠り取ったり、誰かに災いを起したりできると考えられた。

ある領主は、狗神持ちの村を焼き打ちにしたとつたわるが、その一族は一部生きのこったという。

狗神衆は、この領主に弾圧された狗神持ちにつらなる者どもであった。

「狗神様こそが、正しき力の具現。その正しき力を信じず、道に迷い、何が正しく何が誤っておるか見極められぬ。このような者は――」

首領は眼を細め、

「最早《もはや》すて置いてもよいと思うがいかがかな？」

獅子若は、面差しを険しくし、

「……俺にわかるように、言ってくれねえか？」

「狗神様が山を守っておられる、という事実《こと》に、そなたらは思いいたらぬのか？　我らが山の幸を享受する以上、狗神様を崇敬するのは当然。これ以上の問答は無用のようじゃ」

そう打ち切ると男は――黒っぽい粉末を取り出した。それを口に含み墨色の怪しげな液体で嚥下《えんげ》する。

狼の唸《うな》り声が――首領の口から、出づる。

冬山の底で禍々《まがまが》しい牙を剝きながら相手を威嚇する時の声だ。全員が黒い液体を呑み四方から野獣の咆哮が上がる。狗神衆は青ざめた面に猛悪な眼火《とも》を灯し牙と呼ばざるを得ぬ鋭い歯を剝き出し荒くのびた爪をふるわせ、はぐれ馬借衆を狙う。

獅子若は今朝、森をはなれる時に懐に忍ばせた、手頃な苔石に手をやった。

横風が吹き、千切れた霧が吹きつける。片や、義経のお墨付きを拠《よ》り所《どころ》に六十余州を自在に行き来する者たち、片や、古き因習を固守するあまり領主に追われ、本貫地《ほんがんち》をうしない、闇の世界をさすらわざるを得なくなった者たちを、霧が嬲《なぶ》る。

狗神衆の首領の手には鎧通しが二本にぎられていた。恐らく、毒が塗られていよう。瘦せているが引き締まった体をした男だった。

血が流れた掌で石を取り出す。断続する痛みがつづいていたが、獅子若は石《それ》を固くにぎる。

（金礫がねえ以上、石で戦わなきゃいけねえ。……どうすりゃいいんだ。顎にぶつけても、きかなそうだな）

春風にまたがった獅子若がふと見ると道端にかなり大きい鼠色《ねずみいろ》の石が転がっている。

（よし）

――思案が、さだまった。

おどろおどろしい狼の遠吠えが四ヶ所でひびく。自分の内に死霊が入り込み、魂にかぶりついてくるような声が。

――放つ。

同時に、敵首領も鎧通しを投擲《とうてき》、巨漢も殺意の閃光《せんこう》を、こちらに放つ。

十阿弥と筑前尉も金礫を巨漢に投じる。

いくつもの闘気、殺気が、宙で交錯した。

獅子若が投げた石は首領の顎に痛撃をあたえる。だが、その直前、首領の手からは、短刀が二本、投じられていた――。

(佐保っ)

体をひねるや佐保にむかって跳び、その体を抱きさらう形で着地する。間一髪、頭上を一本目の鎧通しが掠《かす》める――。

二本目は逸《そ》れたようだ。

首領は口から派手に血を噴き、眩暈《めまい》を起したか首を何度も横振りした。顎骨は完全におれたらしい。だが、鬼の形相で、三本目の短剣を取り出すや、駆けてきた。

素早くかがんだ獅子若。足元の大石をひろう。猛進してくる首領めがけて、豪速で投げた――。

イッ!……ッ。

石は、右肩を痛撃し、もんどりうって倒れた首領から――黒編笠が飛び、田に、転がってゆく。

獅子若は吠えた。

地に伏した首領の瓢《ひさご》から黒っぽい液体がこぼれ、異様な臭いが獅子若の鼻孔にとどいた。それは人の生血を腐らせたものを各種薬草で煮詰めた液体だった。

獅子若が目をやると、巨漢の面貌に、十阿弥が印地打ちしている。

小さくとも、数多い礫を受け、巨体が波打つ。そこへ筑前尉が疾風の速度で金礫を投げた。地響きを立てて、巨体が崩れる。

地蔵堂の屋根に小さな影が飛び乗った——。童子だ。

秘薬の力であろう。双眸には悪意が電光となり、滾《たぎ》っている。口から不気味な唸りを発しながら地面に伏したままの佐保を睨む。

「あっ」

強すぎる殺意に打たれた佐保が小さく叫んだ。

若い狐《きつね》が二匹、霧の中から出てきたが、只ならぬ気配を前に、元きた方に逃げ去る。

——凶刃をもった童子が、佐保に飛びかかる。

「おのれっ」

面を強張《こわば》らせた筑前尉が甲州黒駒、三日月を素早く動かし、まさに佐保に飛びかからんとする童子を、籐巻《とうまき》の鞭で吹っ飛ばす。

「ギャッ!」

土煙を上げながら地面に叩きつけられる、童子。すぐに起き上がり鎧通しを投げる。

が、その鋭利なる殺気は筑前尉ではなく、愛染大夫の首に突き刺さった。

白き馬は前脚を高々と上げて、悲鳴に近い声で嘶く。口から血泡が溢れている。

「愛染大夫っ！」

かんばせを大きく歪《ゆが》ませて、佐保が愛馬の名を叫ぶ。

童子は、狼が如き四足の体勢で佐保に驀進《ばくしん》する。

素早く下馬した筑前尉は――主と刺客の間に立った。

立ちはだかる筑前尉の双眸に向かって鋭い爪が苛烈《かれつ》な速度で突き込まれる。

首をひねって、かろうじてかわした筑前尉は童子の腹に蹴りを入れる。

が、童子はそれを後ろ跳びしてよけ、短刀を二本、懐から取り出した。

一本目を投げる。筑前尉が、鞭で一本目を払う。童子が体ごと突っ込んできて、筑前尉の体が、びくんと、大きくふるえた。

血がぼたぼたと、地面に垂れる。

しかし筑前尉は死力をふりしぼり童子に投げ技をくらわせた。

童子は地面に叩きつけられ毬《まり》のように転がった。そこに、首を朱に染めた愛染大夫が駆け込み――

「ああ……ああ……筑……筑前尉ぉ！」

佐保が筑前尉をかかえるも、楯《たて》となった男は腹部から夥《おびただ》しく赤い奔流をこぼし急速に力を失っていく。馬に踏まれた童子は、絶息した。

赤い腥臭《せいしゅう》が漂う。筑前尉の腰には短刀が差されていたが、それをつかわなかったのは、はぐれ馬借としての意地を貫いたからだと、佐保は思った。佐保の腕の中で弱い声が、

「佐保様……それがしより鯨をっ」

佐保はだだをこねる少女のように首を激しく横に振り、

「筑前尉――」

「十阿弥……獅子若、佐保様をたのむっ！」

血がからんだ声で筑前尉は吠えた。

――そして、こと切れた。同時に愛染大夫が倒れ弱々しく腹をふるわす。

蹄により一層力を込めた鯨が、今にも、駆け出そうとしている。獅子若は瞠目する。

(潰すつもりか……奴を)

前方には、敵の首領が、倒れていた。

獅子若は思わず――鞍《くら》もない鯨の背に、飛び乗った。何故自分でそうしたのかわからない。だが獅子若は仇を潰さんとしている鯨を無意識の内におさえようとしていた。

鯨も抵抗する。跳躍し、獅子若を振り落とさんとする。

(濁流を下る丸木舟みてえだっ)

手綱代りに、鯨と春風をつないでいる縄を歯嚙みしながら、にぎる。

舌を嚙み切りそうな強い衝撃が、下からきた。

お前を乗り手としてみとめていない――棹立ちになり、後ろ脚をはね上げる鯨に、全力を懸けて否定してくる意志を感じた。

獅子若は、辛くもねばる。

同時に左方の田んぼに老婆の姿が現れる。

（まずい――）

縄をにぎり直すと同時に老婆が投じた鎧通しが豪速で迫る。

だが鯨の激動が幸いし、狙いが逸れた。

くぐもった悲鳴がした。十阿弥の礫が、老婆に当ったらしい。遠ざかる足音がする。

鯨の動きはますます激化する。春風が微動だにせぬため何とか制しているが、このままおさえつづけることはできそうもない。

「鯨が駆け出しそうだ！」

叫んだ獅子若は佐保に目を向ける。

悲しみにつつまれていた佐保は、獅子若の大声で我に返ったようだ。

獅子若がよく制し春風が微動だにせず必死におさえたため、鯨はすすみ出せない。春風とつなぐ縄を切れば前に出られると思ったのか、鯨がさかんに鼻を動かし引き手綱を追う。

（嚙もうとしてやがる）

顔を真っ赤にした獅子若は、

「こいつは、お前の親父の仇を取ろうとしてるんだぜっ。こいつを前にすすませりゃぁ、あの男は死ぬ」

「いけない！　はぐれ馬借の馬に、これ以上、人は殺させないっ」

涙で濡れた顔が、吠えるように、答えた。佐保は筑前尉に合掌すると、怒りに燃える目で、獅子若によって昏倒《こんとう》した父の仇を睨み、鯨の前に立つ。

「お前がわたしたちとくるなら……軍馬《いくさうま》でなく、大切なものをそれをまつ人にとどける道を歩むなら……その者を殺してはいけない。鯨……馬は本来、争いを嫌う生類なのよ」

馬の気持ちが理解できる乙女は黒い垂髪を霧にさらわれながら、自分に言い聞かせるように、語りかける。風がはこぶ霧の塊が、時折その姿を霞ませる。

「わたしは争わないことの尊さを馬たちから学んだ。人を見ているより、馬を見ている方がそのことを学べる。

人は賢い。馬よりも。だけどその賢さは……人同士の争いを止めることに役立っていないもの」

悲しみをおびた睛眸《せいぼう》であった。

しかし——止らない。春風ごと引きずる勢いで、鯨は駆けようとする。

「止れっ！」

獅子若の大喝が飛ぶと同時に、鯨は棹立ちになる。それでも佐保は厳しく澄んだ目で鯨を見据え、微動だにしない。

「――いけない」

鯨が涎を噴きながら大きく嘶き、佐保の体すれすれに蹄を振り下す。道に横倒れした愛染大夫は、最期の痙攣《けいれん》をはじめた。深い悲しみに瞳を潤ませた佐保は大きな声で歌いはじめた。

「面白の海道下りや！　何と語ると尽きせじ！　鴨川《かもがわ》、白川《しらかわ》打ち渡り」

鯨が静かになる。佐保はそれに合せて歌声をやさしくする。

「思ふ人に粟田口《あわたぐち》とよ、四宮《しのみや》河原に十禅寺《じゅうぜんじ》……見渡せば、瀬田の長橋……」

――それは放下師《ほうかし》という旅芸人たちがつくった、街道を行く旅人や牛馬たちへの賛歌であった。重い荷をはこんだ都の光景が、歌声によって、獅子若の眼裏《まなうら》に活写される。魂がやさしく撫でられるような歌声である。怒りによって剝かれた鯨の白目が瞼《まぶた》に隠れてゆく。尾がゆっくり振られる。

(唄で……この暴れ馬を？)

同時に、愛染大夫が、息絶えた。

三日月が悲しげに鳴き動かなくなった仲間に鼻端を下している。恋しい相手よ、どうして動きを止めたのかと、鼻で白い体をさする。

春風も、紅の飛沫がかかった白馬の死体を見て悲しそうに鳴く。その鳴き声で、涎を垂らした鯨は初めて、動かなくなった仲間へ、むく。

小さい蛟竜にまたがった十阿弥が佐保の傍へやってきた。

「鯨……やさしい子。お前はそのやさしさゆえに、我が父を殺めたあ奴に強く怒り、仇を取ろうとしたんだね？　だけど——はぐれ馬借は、それを望んでいない」

佐保は光る滴を瞳からこぼしながら鯨に頰ずりした。鯨は、ためらいがちに佐保の頰を舐《な》めた。

獅子若は、そんな佐保を、厳しい面持ちで眺めていた。里道には筑前尉と愛染大夫、狗神衆の童子、三つの屍《しかばね》が倒れていた。昏倒した首領と巨漢も倒れていた。

＊

鳰《にお》の浦風が、湖上を舟で行く、はぐれ馬借一行の頰を撫でる。塩津の町、そして越前と近江の境に立つ塩津山が小さくなってゆく。北国への街道が通る山を、舟の上からぁおぐ佐保は、

「知りぬらむ、ゆききにならす、塩津山、世にふる道は、からきものぞと」

「何だ、それ」

獅子若が言う。腕には、筑前尉が死ぬまではなさなかった白木の文箱《ふばこ》——件の密書が入っている——を、抱えていた。

「知らない？　紫式部《むらさきしきぶ》の和歌《うた》」

舟に立つ佐保は悲しみを乗り越えるように微笑んでいる。

「紫式部は北国に下る時に……塩津山を通った。塩津山の険しさを人生の……辛《つら》さにたとえているの」

あの後——獅子若たちは、近くの村人に筑前尉と童子の埋葬をたのみ、獅子若が鯨に、佐保が春風に乗って、塩津まできた。狗神衆の二人は礫により顎骨、肩骨、肋骨《あばらぼね》などが折れており、縄でしばって、山賊ということで村人たちに引き渡した。塩津に富ヶ崎の孫十郎が乗った舟がたまたまきており獅子若は孫十郎に西大津に廻船《かいせん》してくれるよう頼み込んだ訳である。その舟には蝦夷地の昆布の箱や、他の乗客たちが乗っていた。

獅子若が大きな顎を手でさする。

「お前、みじけえのから長《なげ》えのまで、いろんな唄を知ってるな」

佐保は、小さく笑った。

「旅をしていると、様々な人に会う。草を枕とし芸事を見せて生きている人たち。物知りのお坊さん。商人《あきゅうど》……そういう人たちに、おしえてもらったの」

薪の明りや、あえかな灯火をあびながら、様々な者たちとかかわり、語らってきたのだろう。そういう旅の記憶が、心の奥底《そこ》でそっと燃えていて、その火の一部が瞳によぎるような眼差《まなざ》しで、佐保は語った。

「いい歌声だったよ。愛染大夫と、鯨に歌った奴だ」

「ありがとう。父が……前頭《さきのおかしら》がおしえてくれた唄なの。……筑前尉がおしえてくれた唄もあるんだよ」

佐保は唇をぐっと嚙みしめる。

その瞳が馬たちへ流れる。四頭は、昆布箱や、塩合物《しおあいもの》の樽《たる》など、荷が積載された大舟の一隅に、萎縮したように佇んでいる。昨日、三日月は、筑前尉が討たれた所から、なかなかはなれようとしなかった。

前を行く米俵が満載された舟がどんどん大きくなってくる。

「おしえてくれねえか？　その唄を」

獅子若は不器用に、微笑している。

「棹の歌、歌ふうき世の一節を……朝妻舟とやらんは……それは近江の海なれや」

佐保の透き通った歌声が湖上にひびく。琵琶湖をかこむようにつらなる山々で木々が強い熱気に辟易《へきえき》しながらも、枝葉を広げ光を吸いこんでいた。舟には、様々な乗客が乗っていたが、皆一様に見事な歌声に聞き惚《ほ》れ、手を打つ。佐保は唄一つで人気者になってしまう。

歌い終ると、十阿弥が、汚れた短髪をぽりぽりと掻く。かけた歯が目立つ口で、

「丁度、近江の唄ですなぁ。佐保様は、七つか八つの時、筑前尉の嫁になりたいと……」

赤くなった佐保が十阿弥を小突く。真顔になった十阿弥は、

「惜しい男を、亡くした。はぐれ馬借はたった二人、佐保様とわしだけ。おい、お主、都に着いたらどうするのじゃ？」

獅子若を、睨む。

「……俺か？」

「そうよ獅子若」

獅子若が答えようとした時である。前にいた櫓舟《ろぶね》が一艘《そう》、急速に近づいてきた。魚を捕る舟らしい。櫓をあやつるは編笠をかぶった漁師。

不意に漁師の手許で何かが光る。

（――鎧通し。狗神衆の婆か！）

老婆が低い姿勢から凶刃を放つ。狙いは獅子若だ。

咄嗟《とっさ》に腕に抱えた文箱を楯にした。

――！

が、その衝撃で鎧通しが突き立った文箱は手から滑り落ち、湖面に落ちる。

「畜生」

獅子若は湖に飛び込んだ。飛沫と、悲鳴が、上がる。老婆は大笑いしながら、櫓を素早く漕《こ》ぎ、遠ざかってゆく。

十阿弥は金礫を放ろうとするも、あきらめ、地団太踏んだ。

水に浮いた文箱は波に流され、舟から遠ざかってゆく。

泳ぎながら追うが、水を吸った衣がどんどん重くなる。おまけに、ねばつく重たい何かが、足にからむ。

藻の、大群《むれ》だ。

「獅子若っ！」

佐保の叫び声が、する。藻をねじ切り前へすすもうとするが、体が沈んで水を呑み、一気に苦しくなる。まるで湖全体が悪意をもち、光のない世界にみちびこうとしているかのようだ。

ありったけの筋力を振り絞り、どろどろしたそいつらを振り切って何とか文箱をつかんだ。

しかし獅子若の全体力はそこで使い果たされた。

(沈む。体が……)

――その時だ。

「獅子若、蛟竜をつかめい！」

十阿弥の吠え声がした。

見れば、脚で泡を起しながら小さな蛟竜は器用に琵琶湖を泳いでいた。その近くを、褌《ふんどし》姿になった十阿弥が、平泳ぎしていた。

「そう！　顔だけ、水の上に出していろ。あとは蛟竜に身をまかせい」

いつの間にか富ヶ崎の孫十郎も近くにきていた。

「馬借よ。やっぱり、お前は、陸《おか》の上の猛者《もさ》よ。水の上では大人しゅうしておれ」

孫十郎は悪態をつきながらも沈みそうになる獅子若の頭をささえてくれた。孫十郎に助けられながら獅子若は、彼の舟がはこんできた荷を、都へはこんだことが何回あったろう、数知れぬほどだなと思い出す。

確固たる泳法で湖を行く蛟竜のおかげで獅子若は舟にもどれた。

野間馬、蛟竜——先祖は、台湾から、琉球の群島を経、九州四国地方に分布した南方系日本馬であり、体は小さい。されど泳ぎに関しては絶群に見事である。

もしかしたら蛟竜の先祖には……人につれられて鎮西にきた馬の他に、島から島へ自力で渡った馬もいたのかもしれない。

歓声が近づいてくる。皆の手が、獅子若を引き上げている。湖水に濡れた頬をまず春風が、次に鯨が舐めてくれた。

「鯨——」

温かいくすぐったさが、頬から閉ざされた瞼を行き来し、胸が締めつけられる。

「くすぐってぇよ。お前ら」

目を開けると――佐保の泣き顔と十阿弥の笑顔が、にじんで見えた。

（こいつらと、もう少しいてもいいかもな）

そう思う獅子若だった。

肆

伯楽《はくらく》というのは馬の鑑定人である。馬相を見るのである。

――馬相とは何か。たとえば、「つむじ」の位置によって、吉凶を占う。たとえば後ろ脚の付け根につむじがあると「気餘死《きよし》」といい、乗り手は讒言《ざんげん》によって死ぬ恐れが出るとか、そのさらに上部につむじがあると、「七走《しちそう》」といい落馬の相といった具合に――。

伯楽はいつしか博労《ばくろう》という言葉に代り、馬の鑑定人から馬商人を意味するようになる。山岳地や原野で馬を買い、諸国の村や町で売りさばく者たちだ。大きな町になれば博労たちは「伯楽座」と呼ばれる組合を組織する。

京の伯楽座は――五条室町玉津嶋《ごじょうむろまちたまつしま》社の傍《そば》にある。

ぐんと涼しくなった初秋の一日、獅子若と佐保は鯨につける薬をさがすべく、五条室町をおとずれた。一応、十阿弥は馬医だったが……佐保は都の薬が必要と考えていた。

数日前、上洛《じょうらく》した獅子若とはぐれ馬借《ばしゃくしゅう》衆は管領《かんれい》・畠山満家に密書を無事とどけ、褒美をいただいた。金子《きんす》と米、都の美酒・柳酒、三条小鍛冶《さんじようこかじ》の短刀などである。

満家はたのもしき武士を数人、東国へ派遣し、山入家で起きている騒ぎに対処すると語っていた。厳格な気質で知られる次期将軍に知られぬよう、波風を起さぬよう、おさめるという意味である。

管領家でお褒めにあずかった獅子若は坂本馬借時代に感じなかった種類の達成感を得た。まだ明言はしていなかったが、獅子若は、ほとんどはぐれ馬借になったも同然であり、筑前尉《ちくぜんのじよう》というたのもしい仲間を喪失した佐保、十阿弥も、それを歓迎しているようである。

今、獅子若たちは七条近くの旅店《りよてん》に泊っていた。

五条も、七条も、時の都の外れに近い。たとえば獅子若たちの旅店近くには水葱《なぎ》と呼ばれる蔬菜《そさい》の田が広がっていたし、玉津嶋社の近くでは穂を垂れた田が稲波を起し、銀ヤンマや精霊飛蝗《しようりようばつた》が飛びかっていた。

瓦を葺《ふ》いた悲田院《ひでんいん》の築地塀《ついじべい》が五条通の北につづいていて赤い鳥居の小さな祠《ほこら》が田んぼの脇に建っている。玉津嶋社だ。

その隣が、馬市だ。

日本中から名馬、駿馬《しゆんめ》、駄馬があつめられ、公家《くげ》や武士、大寺院、駄馬をもとめる商人、さらに畿内各所からつどった博労どもが、買ってゆく。馬医たちも小屋掛けし馬関連の様々な道具を売る店も軒を並べている。日を決めて開かれる、しけた市ではない。そこに行けば年がら年中馬が手に入る。左様なにぎにぎしき場所だ。

悲田院の築地の前を、垢《あか》じみた襤褸《ぼろ》を着た鉦叩《かねたた》きたちが、首から下げた鉦を叩いて歩いてゆく。鉦の音を消すように蹄《ひづめ》の音がする。錦の衣を着て黄金作りの太刀《たち》を佩《は》いた武士たちが、栗毛《くりげ》や糟毛《かすげ》の馬を試乗していた。馬が跳ねる度に鞘《さや》が、己を顕示して光る。面《おもて》を真っ白く塗った公卿《くぎょう》が、屈強な従者をつれて馬を見に来ていた。

幾本もの杭《くい》が田んぼに並ぶ形で立っていて馬どもがつながれていた。

肥えた馬、瘦せた馬。力強そうな駒、大人しそうな駄馬。鹿毛《かげ》に、栗毛。

「馬を売りにきたか？」

真っ黒く日焼けした顔に無精髭《ぶしょうひげ》を生やした大柄な博労が、近づいてくる。――両眼《りょうめ》が抜け目なさそうに光る。

獅子若は鯨を引き、佐保は春風を引いていた。田舎道《いなかみち》や山中はともかく、都大路《みやこおおじ》では馬にまたがらない。武士などに出くわした際、いちいち下馬せねばならぬからだ。十阿弥は宿で三日月と蛟竜《こうりゅう》を世話している。

「いや、こいつにつける薬をさがしてる。……膿《うみ》が、出ちまってな」

喧騒《けんそう》の中、獅子若が言う。佐保は都は初めてではなかったが、普段、野山を旅している時が多いため人ごみにやや圧倒されていた。

「ちょっとごめんよ」

別の博労が飼葉桶《かいばおけ》をもってきて駁馬《ぶちうま》の前に置く。日焼けした博労は、獅子若と、佐保を、注意深く見比べながら、

「そこに、鞍《くら》と鐙《あぶみ》の店があるじゃろう。その向うに押懸《おしかけ》の店があろう」

馬の装具、面懸《おもがい》、胸懸《むながい》、鞦《しりがい》を総称して、押懸という。

「なかなかよい具合の上総《かずさ》鞦などを商っておる店で……わしの甥《おい》がやっておるのじゃが、その店の向うに小屋掛けしておる馬医が、腕が良い」

「かたじけない。行くぞ。佐保」

丁重に謝意をつたえた獅子若が佐保をうながす。

「……うん」

白馬にまたがり、市女笠《いちめがさ》をかぶり、白粉《おしろい》と紅で、こってり化粧した貴婦人と、佐保がすれ違う。貴婦人は夫につれられ馬をもとめにきたようだ。またがる白馬も十分立派だったが、いささか年老いたのだろうか。すれ違い様——貴婦人がまとう綾衣《あやぎぬ》から、伽羅《きゃら》の芳香が漂う。佐保は白馬が目に入ると小さくうつむき形が良い唇を悲しげに歪《ゆが》める。

(愛染大夫を……思い出したのか)

貴婦人が、細い目を、冷然と佐保に流す。白い肌を涼やかな美服で隠していた。

されど獅子若は、見事な馬にまたがってあたらしい馬をさがしにきた貴婦人より、深

い愛着をいだく馬を思い出して憂いに沈むこの娘の方が美しいと、感じている。

密教的な馬頭観音像が灯明《とうみょう》に照らされている。

三面三目八臂《さんめんさんもくはっぴ》。三つの顔で、眼《まなこ》が三つずつ燃え、赤い八本の腕が剣や斧《おの》をもっていた。鬼が如《ごと》く牙を剝《む》いた、小さい仏像だ。頭頂にちんまりと白く、剽軽《ひょうきん》で、いかにも気立てが良さそうな馬頭を、いただいていた。怒れる本体と剽軽な馬頭――両者の落差が、印象的な仏像だった。

「ううむ……何処《どこ》に行ったかのう」

薄暗い小屋で先刻から馬医は、ごそごそ動いていた。

「近頃、目が悪くての、おっ、あった、あった！　これや、これ！」

小さい壺《つぼ》を、取り出す。

白髪頭の馬医は、額にできた瘤《こぶ》をつるりと撫《な》で、

「この薬をあの馬につけるがよい。……見事な馬や。腰に弾みがあり、脚は強く、胸は広い。馬相は吉凶入り乱れており、何とも言い難いんやけど、珠目《しゅもく》ゆうつむじがある」

佐保が、

「珠目……」

「――左様。古書によると、『何たる悪旋《あしきつむじ》ある馬なり共この旋あれば凶を転じて吉と

成《なる》』……どないな悪い相が出とっても、これがあると、吉に転じることができる。そないなつむじが、鯨……やったか、かの馬にはあるんや」

佐保は心から安堵《あんど》したように大きく息を吐いた。獅子若は馬相など気にする質《たち》でなかったが、鯨の相が吉であるのは素直に嬉《うれ》しい。

「爺《じい》さん、春風は？」

「うむ。とてもええ相が二つある。ちょっと外に出てみよう」

表に出て、

「ほらここ。胸の横な」

杭につないである春風の胸を指す。

「──つむじが、あるやろ？」

二人は、首を縦に振る。確かに春風の胸の横に毛が渦を巻き台風の目のような形になった所がある。

「見受《けんじゅ》」

「どう、いいんだよ。このつむじ」

「良馬の友を引く、という」

「厝の友引みてえなものか？」

「せや。この馬がおると、どんどんどんどん、良い馬がお前たちの許《もと》にあつまってくるんや」

獅子若は感心し、佐保の目は、輝いた。

「もう一つはここ、汗溝《あせみぞ》見てみい」

尻に近い骨の窪《くぼ》みを汗溝という。

「つむじがあるわ」

佐保が呟《つぶや》くと、

「訓寄《なれより》。心和やかでよく主人になつき、決して人を襲ったりしいひん」

佐保は、嬉しそうに、春風の小松原《こまつばら》（後ろ首）から脊梁《せきりよう》にかけて愛撫《あいぶ》し、馬体に頬ずりした。春風はただ、口まわりをむにゃむにゃと舐《な》めていた。それからくしゃみがつまったような顔で大きくあくびをしている。その顔に、三人は、どっと笑った。

薬を塗ってやると鯨は心地良さそうであった。

馬医に礼をし、餌にまぜる稗《ひえ》を買う。稗を春風に背負わせた二人は、都大路を行く。

「何か喰《く》ってくか」

「うん」

十阿弥をあまりまたせるのも悪いが真《ま》っ直《す》ぐ帰るのもつまらないという共犯めいた感情が二人に起った。

黒い牛が、荷車を、引いていた。車には麦俵や木箱がつまれていた。

馬を引く二人は大路を西、西洞院川《にしのとういんがわ》の方へむかう。

川に面して酒屋が広壮な二階家を構えている。綺麗《きれい》な土壁に、杉玉がぶら下がってい
た。築地塀にかこまれた裏庭に、純白の土倉と庭木があり、ツクツクボウシが騒いでい
た。裏庭では夕顔をそだてているらしく青い蔓《つる》が塀をまたぎ控え目に往来をうかがって
いた。

川向うにも、板屋根に丸石で重石《おもし》をした町屋が、整然と並んでいた。

真紅の暖簾《のれん》を垂らした材木屋、黒い暖簾を垂らした武具屋、薄黄緑の暖簾を垂らした
質屋、水色の暖簾を垂らした小袖屋、白い暖簾を垂らした茶屋。

様々な者どもが、往来を行きかう。

市女笠をかぶり絹衣を着て黄色い声で話しながら何処《いずこ》かへいそぐ女人たちと下女たち。

鋭い刀傷を面に走らせた、二人組の山伏《やまぶし》。貴人に献ずる虫を取りに行く、虫取りの一行。

青竹を両肩にかついだ五人組の竹売り。頬被《ほっかむ》りをして、片方の肩を、露出させた男。

体の右側が白、左側が青、片身替りの衣を着た裸足《はだし》の童《わらわ》が走ってゆく。

童が駆けて行った先に人々がかたまっている。

猿回しの翁《おきな》が、芸をしていた。

すると、

「そんな、爺さんの猿より、あたいの芸の方が面白いよ！」

蓮《はす》っ葉《ぱ》な声がひびく。髪がみじかい少女。男の子と言っていい、長さだ。異様な程、色が白く、粗衣を着ていた。

「さぁ、見て見てみんな！　あたいの瓢簞《ひょうたん》、何でも出せるんだよっ」

少女が瓢簞を出して叫ぶ。猿回しの周りにあつまった人々がちらちらと視線をおくるも、まだ人はさほど集まらない。青っ洟《あおばな》を垂らした童子が二人、傍に立っているだけだ。

獅子若と佐保は顔を見合せ、少女の傍に馬を引いた。

「ねえ、瓢簞から何が出てくると思う？」

少女に問われた、童子が、

「雀《すずめ》」

「雀……雀ね！　ほら、雀が出たよっ」

――どういう仕掛けだろう。少女が、瓢簞の口をとんとん叩くと……その手から、雀が二羽飛び立ち、都の天に飛翔していったではないか。

「おぉぉぉぉ――」

驚いた群衆があつまってくる。

今まで猿回しの老人をかこんでいた賑《にぎ》やかさが、一気に、少女をつつみ込む。

赤ら顔の香敷師《こうじきし》が声高に叫ぶ。

「鷹《たか》は……鷹は、出せるか！」

「勿論《もちろん》ですとも」

勢いよく、答えた。しかし勢いのわりに少女は、明らかに雀よりむずかしそうなこの所望を、さらりと受け流す。

「他には？　他には、何が出てくると思う？」

頰被りをした酔っ払いに問いかけた。

酔っ払いは、首をかしげて鼻をこねている。人垣の後方に立つ大入道が赤い衣を着た稚児を肩車して少女の芸を見せようとしていた。市女笠の女たちが、扇を口に当て、さかんに囁《ささや》き合う。

香敷師が何か言う前に、酔っ払いが、

「……鶴。鶴は、出せるかのう」

もつれがちな舌から難しい所望が飛び出した。

「蔓！　瓢簞の蔓ね。出せますともっ」

鳥の鶴が、植物の蔓にすりかわった訳だが、相手は酔っ払い。気づきもせぬ。

「見ていて、今出すからねぇ」

「おおお――！」

いかなるからくりだろう。容器としてつかわれている瓢簞から、青くひょろひょろとのびる瓢箪の蔓が、出て来たではないか。少女の指がつまみ出してゆく。

佐保は素直に感嘆し――獅子若は胡散《うさん》臭そうに眉を、顰《ひそ》めていた。

出てきた蔓には青い実が三つほどついている。酒を入れる容器をつくれそうな大きさだ。

子供たちは嬉しそうに飛び跳ね、町人たちは驚嘆している。さっきの猿回しの老人だけが少し寂しそうに離れた所から見ていた。

「ねえ、みんながほしくて、ここから出てくるものって、何？」

少女は快活な調子で問いかける。

一瞬、静黙が起きた。

扇で鼻より下を隠した、市女笠の女が、答える。

「金子や」

人々が口々に、

「銭じゃ」

「銀」

「金子かのう」

「鳥目《ちようもく》」

「要するに、銭ってことだよね。わかりました！」

少女はみんなを鎮めるように片手を高々と挙げた。大きな秘密を打ち明けるように、

「だけどね……ここだけの話……」

少女の声には只《ただ》ならぬ吸引力があり、そこにいる全員が話に引き込まれる。獅子若も耳をかたむける。――逆に佐保は今度は、冷静な面差しで、少女を見据えていた。

「銭の精というのがいてね。多少、銭が入っても、銭の精が味方してくれなきゃ銭は手許にのこらない。それが、貧しい人がいつまでたっても貧しい理由なの」

人々は何かに憑《つ》かれたように少女の話に聞き入っていた。

「だから、今も、銭の精が味方してくれなきゃ、瓢《ひさご》の中に銭は湧いてこない」

言いながら少女はゆっくり瓢箪を回す。その回転運動が、催眠の糸となり、人々の意識をからめとらえる。

「誰か銀をお持ちの方」

市女笠の女がぼおっとした面持ちのまま、巾着の中から銀塊を取り出し掌《てのひら》に置いた。

「銀なら、ここにある」

少女は大きく首肯している。

「たしかに。では、見ていてね」

瓢箪を大きく揺り動かす。

「ジャカジャカ、ジャカジャカ――さ、みんなも、一緒に」

瓢箪からジャカジャカという音が聞こえてくる気がする。群衆が、声を出す。

「ジャカジャカ、ジャカジャカ」

少女が、声を張ると、群衆も呼応した。

「ジャカジャカ！　ジャカジャカ！　もっと大きな声で」

「ジャカジャカ！　ジャカジャカ！」

少女が瓢箪から何かをぶちまける動きを見せた。獅子若もふくめ、多くの男女の注意がそこに行く。

出てきたのは大量の明銭《みんせん》だった――。

群衆は狂喜して、ひろいはじめる。獅子若もまたぶちまかれた銭をひろおうとした。

佐保に、小突かれる。

はっとして己がひろおうとした物体をまじまじと眺めた。それは銭ではなく、砂利であった。我先にといそぐ沢山の手が夢中で砂利をつかんでいる。

（糞《くそ》っ、とんだ目くらましだ）

身をかがめていた獅子若に、ようやく正常な意識がはたらき出す。

と、

「これも、もらうね」

少女の声がするや、佐保が轡《くつわ》を引いていた春風の背から、稗俵が蹴落とされ、何者かが飛び乗った。驚いた佐保が引き手綱を放す。その奴《やつ》は春風を素早く走り出させた――。

乗り手をえらぶ春風だが、この乗り手には抵抗せぬ。

「あ、春風っ！」

佐保が叫んだ。獅子若の視界に入ってきたのは――春風を強奪し、小さくなってゆく、先刻の少女の姿である。

「糞っ！　馬泥棒か」

次の瞬間、

「銀が……ない。手に載せていた銀がない」

市女笠の女人が騒ぎ出す。

悔しさで歯噛《はが》みした獅子若は、鯨にまたがり、追おうとするも、

「獅子若っ、あのお爺さんを助けてあげて」

佐保が猿回しの翁を指差す。

猿回しの翁が群衆にかこまれていた。

「お主も、盗人の一味じゃろう！」

「あの小娘と、しめし合せておったな」

「わ、わしは……関《かかわ》りない！」

群衆は翁に、つかみかかる。獅子若は荒ぶる男どもの襟首をつかまえては放り投げ、

つかまえては引きずり飛ばし、老人を助けた。その隙に、春風にまたがった少女は、南へ遠くなる。

旅店から——七条通を西洞院川にむかって何間《けん》か行った所に、その柿の木はあった。痩せた男が酒に酔うて踊り出した姿を思わせる。ひょろひょろと頼りなく、それでいていろいろな方面に枝を発達させている。青柿をたわわに実らせていた。

近くには水葱《なぎ》の田があり、松虫や鈴虫が鳴いていた。田に面する形で職人たちの工房などもあった。

今、柿の樹下に、梨の行商がきており、百姓や蒔絵師《まきえし》、太刀作りの見習いなどが、甘汁《しる》で喉を濡《ぬ》らしながら貪り喰っていた。

十阿弥もそれにまじり梨を食している。

「都で売っておる薬……なんぼのもんじゃい。わしの知る薬草の方が都の薬より、あいつにきくわい」

正直な処《ところ》、旅店でずっとまっているのは苦痛であった。蛟竜は宿の者にまかせ三日月にまたがり外出《そとで》した。都の外れだったし——誰に遠慮するということもないため、騎乗して暇を潰した。三日月は筑前尉と愛染大夫をうしなってから、ふさぎがちであった。

乗りまわすことで元気づけたいという気持ちもあったのである。三日月が少し元気にな
ったため、もどってきた処、梨売りに出くわし一つ買い求めた。
十阿弥が梨を喰う横で三日月は田んぼの脇に生えた馬のおこわを夢中で食《は》んでいる。
十阿弥の隣にこの田んぼの持ち主たる百姓、及びこの近くに住む若い太刀作りが座り、
やはり梨をかじっている。
「すまんのう。さっき草をたらふく食べたばかりなんじゃが」
「かまいまへん。肥やしは、洛中から糞尿《ふんにょう》もらっとるさかい」
「かたじけない。これは……いつの時代の年寄りも錯覚することなのか、錯覚ではなく
真実なのか、判然とせぬが、わしが童の頃より、今の世の方が悪くなっておる」
十阿弥は、果肉にかじりつく。
「左様にございますか」
百姓と若い太刀作りは真剣に耳をかたむけていた。
「もっとなぁ、ものが少なかった気がする。そして、己の手でつくったものが多かった
気がする。今の世の方が他人がつくった様々なもので溢《あふ》れておる。それらを手に入れる
のに、銭が必要なのじゃ。そして、いつも銭が足りず……汲々《きゆうきゆう》としておる。なげかわ
しいことよ」
一応、聖《ひじり》姿をしているから、若者と話す時は、薀蓄《うんちく》めいた話をせねばという気がして

しまう。

——その時だ。

西方から、馬が、走ってきた。

土埃《つちぼこり》をさかんに上げて東走するその馬は何処《どこ》かで見たような馬だ。

「……ん？」

馬が——十阿弥の眼前を、右から左へあっという間に走り過ぎる。

鹿毛で大きい。

「あれは——春風」

茫然《ぼうぜん》と呟く。童女が、またがっていたようだ。

「おい親父《おやじ》、お代よ」

銭を放るや十阿弥は、草を食んでいた三日月にまたがり、足で活を入れる。

甲斐の三日月——短い距離を走るなら、はぐれ馬借衆最速の駿馬である。以前に佐保が、

『春風も相当に脚が丈夫。長い距離を行くなら、春風が一番速いかもしれない』

と語っていたのを思い出す。

梨で潤んだ胃が突発的に起ったこの事件で俄《にわ》かに収縮していく——。

（佐保様が、春風を奪われたのか？　だとしたら追われていると気取られてはならん）

相手の在所を突きとめようと、思案した。

（佐保様も獅子若も何をやっておるのじゃ。あんな子供に、馬を奪われるとは――）

右手で手綱をひっつかむ十阿弥は左手でぼりぼりと白いものが目立つ短髪を掻《か》く。

疾走する春風と、かなり距離をへだてて追う黒駒。じわじわと春風が大きくなる。

「いいぞ三日月」

ほめつつも十阿弥は、あまり長い距離だと逆に無尽蔵の体力をもつ春風に引きはなされ、見うしなってしまうだろうと感じた。

鴨川が近づいてくる――。三日月の息が、荒くなっている。

（まずい）

と、前方の春風の姿が、俄かに大きくなってきた。馬速をゆるめたようだ。ほっとした十阿弥も、それに呼応。三日月の勢いを減じる。

少女は、鴨川の手前で左へまがった。この少女は西洞院川沿いに南下、七条通を東行、今度は鴨川沿いを北にむかいはじめた訳である。――追手を攪乱《かくらん》する動きだった。

六条の刑場を見ながらすすむ。

はぐれ馬借に過書《かしょ》をあたえた男が弁慶《べんけい》なる者と戦った五条大橋の前をすぎ、四条河原にきた。

鴨川で褌《ふんどし》姿になった三人の男が、馬を洗っていた。対岸で釣りを楽しんでいる男が二人いる。一人は端折傘《つまおりがさ》で日除《ひよ》けしながら、糸を垂らしている。

河原には竹竿《たけざお》や棒を六本ほど立てて藁《わら》を屋根としてかけた掘立小屋が雲集していた。壁がない小屋だ。

乞食の子供たちが二手にわかれ、印地《いんじ》をしていた。激しく石が飛びかっている。分が悪くて逃げる子供が、たびたび物陰から飛び出してくるため――少女は春風から降りる。十阿弥も、下馬する。

小屋の中で、二人の男が語らっていた。一人は白い覆面をかぶり、もう一人は枯木のように痩せた腕をさかんに動かして、雑穀の粥《かゆ》を口にはこんでいた。

板を何枚か合せたものを、つっかえ棒で斜めに立て、それを住居《すまい》とした女がいる。半裸のその女はむずかる童の口に稗粥をはこんでいる。病気のようだ。

真っ黒く日焼けした老人が寝ている小屋がある。やはり重篤な病に冒されているらしい、その翁の小屋に、烏《からす》どもが執拗《しつよう》にあつまる。

けたたましく飛ぶ鳴き声どもを――髭もじゃの男と、襤褸《ぼろ》を着た老婆が、黒い破《や》れ傘や杖《つえ》を振って追い払っていた。

十阿弥もかつてこのような場所に暮していた。印地の石が河原に落ちる響きが過去の扉を開く――。

若き十阿弥は、病のため河原にすてられた、さる馬に出会った。馬の知識はなかったが懸命に介抱した処、もち直した。健康な馬は財産となる。その馬をつかい、十阿弥は馬借となった。それが、旅店に置いてきた野間馬の数代前の、初代蛟竜だ。

蛟竜とは、竜の幼生、と言ってよい。いつか天に昇り成竜となる。この馬と共に自分の運命も上昇させたいという思いがその名をつけさせた。

他の馬借の見よう見まねで乗馬を覚え、さる馬医から馬の治療法をおそわった。河原で暮すより暮しは楽になったが、何処か物足りなさを覚えていた。そんな時、国から国へものをはこびながらさすらう……はぐれ馬借衆に出会い、仲間にくわわった。

過去の記憶に浸っていた十阿弥はついうっかりして件《くだん》の少女を見うしなった。

舌打ちし、急ぎ足に、なる。

こっちの方かと見当をつけ、古い地蔵堂の向うを、左に、まがる。

「――！」

石を構えた八人ほどの子供が、行く手をふさぐようにずらりと並んでいた。

「こいつ、余所者《よそもの》だよ！　あたいをつけてきたっ」

件の少女が叫ぶ。

その声を合図に、一斉に投石がはじまった。

「ぐわぁぁっ！」

体中に、痛撃が走る。

黒い甲斐駒の体にも次々に石が当った。三日月から、苦痛の嘶《いなな》きがもれた。

(何たる不覚っ)

「覚えておれ」

素早く三日月にまたがった十阿弥は——全力で走らす。

「あ、逃がすな!」

後ろから石が飛んできて十阿弥の背や三日月の尻にばらばらと当った。

左手で痛む顔に触れるとぬるぬるしていた。血であった。

(川を目指す)

行く手に——壁のない小屋が立ちふさがる。

突っ込んだ。

中では五人の白い覆面をした男が、キビ粥をぐつぐつ煮ていた。あわてて立った男たちに、

「すまん。飯時に邪魔するぞ」

十阿弥と三日月は——キビ粥が入った鍋と、それをささえる五徳を引っくり返し——向う側へ突き抜ける。火の粉が舞う。一瞬で、喧擾《けんじょう》が、巻き起った。

「おのれ……これは、わしらの三日分の糧ぞ」

後ろから怒声が叩きつけられる。

飛沫《しぶき》を散らし、三日月は川沿いをかける。

左脚で川水、右脚で河原の石を踏み、一路、南へ走る。物凄《ものすご》い走力だ。

子供たちも川沿いに追ってくる。さかんに、投石してくるが、さすがにこちらにはとどかない。


「何て……速いんだ」

遠ざかる老爺《ろうや》を見据える短髪の少女は、汗をぬぐいながら恨めしげに呟いた。

＊

獅子若は十阿弥が受けた辱めを聞くや湯気でも立ちそうな怒気をふくらませた。

「――四条だな。俺が、取り返してくる」

午後の日差しが降りそそぐ、旅店の井戸端である。近くには、幾軒か共用の厠《かわや》と、桃の木、茄子《なす》などがそだった菜園があった。

額に青筋を立て、大きな腕の筋肉をぶるぶるとふるわす獅子若を、佐保は案じるが如き表情で見やる。

「獅子若……」

「わかってる。掟《おきて》を守れ、だろ？　餓鬼相手にそこまで本気になりゃしねえよ。だが、大人が出てくる恐れがある。その場合は、わからねえぜ」

獅子若の懐中には凶暴な金礫《かなつぶて》がいくつか入っている。管領・畠山満家からいただいた褒美で購《あがな》ったものだ。

「傷つけないで」

佐保が、警告した。

「それは約束できねえ」

「約束してほしい」

佐保は願うも、

「全く納得できねえ。——十阿弥はよ、石を投げられて怪我《けが》し、三日月まで傷つけられてんだぜ。春風はかっぱらわれた。何で、あいつらは俺たちを傷つけてよくて、俺たちはあいつらを傷つけちゃいけねえ？　理屈が通らねえ。そうだろ？」

「………」

「春風を、取り返さなきゃいけねえ」

「手荒な真似《まね》はするなよ、獅子若」

十阿弥は濡れ手拭いを額に押し当てる。既に手拭いは赤い。

「お前……何処まで人がいいんだよ」

山犬が如き眼光を、獅子若はきらめかせる。

「とにかく、獅子若一人を行かせる訳にいかない。……わたしも行くわ。十阿弥は宿でやすんでいて」


二人は、鯨をつれ、都大路を四条へいそぐ。


春風を奪った少女――姫夜叉《ひめやしゃ》は春風をつれて、馬の闇商人の許にむかっていた。彼女の父は、武蔵《むさし》の博労だった。だから幼き頃から馬にはなれしたしんでいる。

父は武蔵野でそだてた馬を伊豆《いず》で売ろうと旅に出た折、相模《さがみ》で賊に襲われ有り金と命を奪われた。彼女の母親は元々、門付芸《かどづけげい》の芸人で、旅の途中で父と出会った。だから夫が斬られると――草を枕とし、芸を売りながら旅する暮しにもどり、一人娘をそだてた。

二人はもっとも門が多い町、京へむかっている。

この河原には左様な芸能の民、神と交信し不思議な物語を沢山知っている巫《かんなぎ》、聖《ひじり》と呼ばれる遍歴の貧しい坊主、諸国からあつまってきた乞食たちが暮していた。

姫夜叉の手品は隣に住む放下師《ほうかし》の男から教授されたものである。

しかし、彼女には泥棒としての才能があり、おまけに馬にも乗れたから――時々、馬を盗んでは闇商人に流したり、あるいはその馬で奈良や近江にいき、高価なものを掠《かす》め取って都で売ったりしていた。

三月ほど前から母親の具合が悪くなり——臥《ふ》せがちになると、姫夜叉の盗みは乱暴になった。

これからは自分一人で生計を立てていかねばならない。生業《なりわい》たる門付芸では心もとない。そこにくわわる母の薬代という重圧。

病の母を残して奈良など遠隔の地まで盗みには行けない。

こうした事情が重なり——姫夜叉は、洛中の四条からややはなれた、繁華な場所に出向き、手品で人々を惑わして、金子や青磁、高価な扇などをかっぱらったり、高貴な女人から路上で反物をひったくり、馬で遁走《とんそう》したりと、本格的な盗賊になりつつあった。

春風をつれた姫夜叉は歯を喰いしばりながら少し北に住む闇商人の許にむかう。時折、自分を嫌らしい目で見たりする、どうにもいけすかない男だ。

（あいつに会うのは嫌だけど、仕方ない）

十阿弥を追い返した直後、母の容態が急変したのだ。顎が痛くて口を開けられないという。

一刻も早く、医者から薬を買わねばならぬと考えた姫夜叉は、春風を銭にかえようと思った。その南部馬だが……いかなる酷使が待っているかわからぬ運命にあるのに、穏やかな眼色を崩さず、従順だった。

と、

「姫夜叉！　大変だっ、大変だぁ」

追ってくる者が、ある。姫夜叉は立ち止る。

近所に住む乞食の童子だった。

「お袋さんの様子がおかしいんだ。体中が痛い……体中が痛い……もう、それしか言わないんだよ」

息を切らしながら、信濃から流れてきた童子が、告げる。

何かが突き刺さったような面差しになった姫夜叉は、急いで春風の向きを反転《かえ》た。

小屋まで戻った姫夜叉は童子に言った。

「この馬を、土佐ひじきの隣につないでおいて」

土佐ひじきは大和の寺で盗んできた馬だ。数々のひったくりを助けてくれた、愛馬である。野間馬くらいの小さな馬だ。白っぽい毛色をしていて鬣《たてがみ》は黒い。この鬣がごわごわして、ひじきを思わせることから名付けた。

童子に春風をまかせ今にも崩れそうな掘立小屋に駆け込む。

瞬間――。

「ああ……痛いっ。痛い。……姫夜叉、痛い。痛いよっ」

母親の喚《わめ》き声が、姫夜叉の耳に飛び込んでくる。

「お母《かあ》」

姫夜叉はぼろぼろの藁の上に寝かされた母の手を堅くにぎった。自分を産んでくれた人をさすりはじめる。同時に痙攣《けいれん》が起った。びくびくと、全身が、ふるえ、体を大きく後ろにそらして苦しむ。

痛みが掻き起す言葉にならない、凄《すさ》まじい叫びがつづく。

母親の日焼けした頬を涙が落ちた。

枕元に座っていた、隣に住む酔いどれの放下師が、

「死霊の類が取り憑いたのかもしれぬぞ。……巫女《みこ》様を呼ぼう」

声を聞きつけてのぞき込んだ短髪の女乞食が、巫《かんなぎ》を呼びに行く。

「一体どうしたね。あたしゃ眠いんだよ」

巫は、白髪頭で、鹿杖《かせづえ》をもち、仰々しいイラタカ数珠を首に巻いていた。皺《しわ》深く目付きが鋭い老女だ。

「昨日、さるお偉いさんの許に呼ばれて一晩中祈禱《きとう》したもんでね……」

悪態をつきながらやってきた巫女は姫夜叉の母の様子を見るや、相好を引きしめる。

少し落ち着いた病人の寝姿を彼女は注意深くうかがっていた。また、発作が、起る。

全身がそりかえり——痛みが、訴えられる。姫夜叉は懸命に病んだ体をさすった。

「姫夜叉……姫夜叉や」

巫の呼ぶ声が表から聞こえる。姫夜叉は女乞食に母をまかせると外に出た。

「お婆様《ばば》……死霊なんでしょ？　何とかお祓《はら》いしてっ」

姫夜叉は、訴えた。老いた巫女はじっと姫夜叉を黙視していたが、やがてゆっくりと頭《かぶり》を振る。

「死霊ではない。……あたしの手に負えぬものじゃ」

「何なの――っ」

姫夜叉の瞳孔が、一気に緊張し、大きくなる。

「……恐らく、つつが虫。ああなってはもう、助からぬ」

つつが虫――破傷風を起す虫である。桃色の瘤ができた老婆の眼がゆっくり細められた。

「姫夜叉。辛《つら》かろう。されど……覚悟せねばならぬ」

「……薬を買ってくるね。銀もあるし。その馬を売って、銀をふやせば……うん、買えるの、どんな高い薬だって」

老いた巫女はくしゃくしゃの面貌を大きく歪め、空をあおいだ。

「ああ……姫夜叉や。よいか。この都でもっとも腕がいい医者の薬でも、つつが虫は退治できぬ。お前が馬を売り、医者の許に行っている間に、お前の母は……。

だから傍にいておあげ」

激しい怒りが、溶岩となって、姫夜叉の小さな心臓で弾《はじ》けた。

「嫌だっ！」

母親の病が治らないことへの憤りなのか。つつが虫への憎しみなのか。医者を呼ぼうとする自分をくじけさせようとする、この老婆への怒りなのか、わからない。

「ああ、痛い、痛いよ！　姫夜叉……ここにいておくれ。体中が痛いっ。痛い！」

小屋の内から絶叫に近い声が聞こえる。姫夜叉が、小屋に入る。

（そうか……あたいは、逃げようとしているのか。お母が死ぬその瞬間から）

自分の心のあまりにも残酷な働きに姫夜叉はおののいている。

病人の痙攣はさっきより激甚になっていた。

「お願い。死なないでっ……あたいを、ねえ、あたいを一人にしないで」

姫夜叉は泣きじゃくった。

と――。

「京　童《きょうわらわ》じゃ！」

「得物《えもの》をもっておるぞ」

「逃げろぉ」

河原に住む者たちが口々に怒鳴り、人々が走りまどう音がした。

「姫夜叉と申す者の小屋を知らぬか！」

自分の居場所を糺問《きゅうもん》する男たちの声がする。

「あんたをさがしてるみたいだよ」

さっき呼びに来た童子が恐る恐る囁く。

「お母を、さすってあげて」

小声で少年に告げた姫夜叉は、怒りで顔を真っ赤にして、外に出た。

ど派手な小袖を着た若者たちから暴の気が横溢《おういつ》していた。

——京童。

木刀、打刀《うちがたな》、竹槍《たけやり》、斧、薙刀《なぎなた》、弓などで武装した若者たちだ。——二十人くらいいる。

青と赤の、肩裾片身替りや、肩と裾が緑で、胴の部分は白、など、美麗なる小袖をまとった逞《たくま》しい青年たちで、目付きは鋭い。

博打《ばくち》や強請《ゆす》りたかり、胡散臭いもうけ話、喧嘩《けんか》と遊蕩《ゆうとう》、そんな刹那的な日々をおくる若者たちだ。

一人が老いた聖を鷲摑《わしづか》みにし姫夜叉について訊《たず》ねている。

姫夜叉は火の玉の如く、瞳を燃やして、叫んだ。

「そのお爺さんを、放せ！　あたいが姫夜叉だ！　何の用だ！」

河原に小屋掛けした者たちは、ある者は逃げ、ある者は小屋から顔を出し、どうなることかと、京童どもをうかがっていた。石をひろい戦いにそなえる者もいた。

金礫をつめた袋を腰から垂らした京童が聖をつかんでいた腕をはなした。聖は急いで逃げようとしたが、誰かが足を引っかけ泥水の溜《たま》りに転倒した。老いた聖の胡麻塩髭《ごましおひげ》におおわれた顔が泥飛沫を立てる。

京童たちは、どっと、哄笑《こうしょう》した。

姫夜叉は怒りでぎりぎりと歯ぎしりする。

「兄貴。あいつが、姫夜叉です」

京童の首領だろうか。兄貴と呼ばれた男は、猫を抱きかかえ愛撫していた。白い小袖に赤い車輪、黄色い車輪、水色の車輪、薄緑の車輪、黒い車輪が、描き込まれていた。朱漆塗の刀、礫が入っているらしき巾着。紅の鉢巻をしめ、油できっちり手入れした嫌らしい髭を生やしていた。何処かの貴人の家来であろう。

(その貴人には、よく気が付く下男と思われているけど、裏では悪い奴らをたばねてる。そんな奴だろ……きっと)

首領は、姫夜叉を一瞥《いちべつ》すらせず、猫を撫でつづける。

「心当りがあろうよ。姫夜叉」

やわらかい声だ。暴力の集団の末端にいる者は、激しい恫喝《どうかつ》を人々にぶつける。しかしその集団の長ともなれば、柔和な態度で町人たちと語らうものである。そういうやわらかさ、冷静さをともなう語調だった。

「………」

首領を守るように、大入道が二人、仁王立ちしていた。双子であるらしい。大きく、頑丈な体つきで、一人は薙刀、一人は姫夜叉の小屋を一振りで潰せそうな、でかい槌《つち》を所持していた。髪一本もない頭に黒い鉢巻をしめ双眸《そうぼう》は据わっていた。

「この猫の飼い主を知っているか？」

「知るもんか」

首領に問われた、姫夜叉は、

「俺の、姉貴だ。姉貴は……実に気立てのよい女だ。俺の姉貴であるのが面妖なくらい、いい女なのだ」

「……だから……何？」

姫夜叉は、眼を剝き、顎を突き出して、挑発した。

「あんたの姉貴なんて知らないよ。あたいは今……お母の具合が悪くてそれどころじゃないんだ」

「そいつは大変だな。悪かったよ、姫夜叉。では手短に話そう」

打って変った冷えた声を首領は発する。

「こいつは姉貴の飼い猫だ。猫糞《くそ》の臭いが強いだろ？　それを消すために、姉貴はよく香を焚《た》く。大切にしている香合があってな。青磁の香合。高価なものだ。それが、幾日か前にひったくられた。餓鬼の盗賊にな」

「…………」

姫夜叉の顔から血の気が引いた。たしかに自分が盗《と》ったものだ。思いがけない高値で売れたが、既に母親の薬代に消えていた。

——殺気を感じる。顧みた。

後ろに京童が二人、まわり込んでいた。一人は、浅黒く眼がギョロリとした小男で、葉付きの竹槍をもっていた。竹の尖端《せんたん》は白く鋭く削がれている。いま一人は破《や》れ笠《がさ》をかぶった隻眼《せきがん》の若者でやけに腕が太い。鞘入りの刀を地面に突き立て——さも愉快そうに嘲《わら》笑っていた。

（逃がさないつもりか……）

老いた巫女が出てくる。

「お前、こんな男たちの縁者から……香合を盗ったのかえ？　なあ、お若いの。この子はまだ分別がつかぬ齢《とし》じゃ」

首領は、初めて、猫から視線をはなし、

「——引っこんでろ！　婆！　俺は今、この餓鬼と話をしてんだよ」

凄まじい怒りが、老婆に叩きつけられた。彼が本来持つ凶暴さが初めて露出された瞬間だった。

猫を抱いた首領は、姫夜叉に顔をむける。薄ら笑いを浮かべる。

「なあ、姫夜叉。この婆さんは関りねえんだろぉ？」

再び穏やかな声調にもどったが、取ってつけた感があった。

「姫夜叉……何処に行ったんだい、あたしの傍にいておくれ」

姫夜叉は潤みをおびた視線を小屋の方へ泳がせる。

「お前はいい子だ。俺はただ、香合を返してもらいたいだけなんだ。……返してくれるよな？」

「…………」

恐ろしく冷えた首領の目が姫夜叉を睨《にら》んでいる。何処までも何処までも執拗に追及してくる目に思える。恐怖が姫夜叉をみたしつつあった。胸が、どくどくと、高鳴る。青き頭上では――烏どもがけたたましく鳴いていた。肩肘張って大きな町の暗いどん底で生きてきた姫夜叉が外界との間に張っていた壁が崩れる。彼女の気持ちは、か弱い童女のようになってしまった。

「どうした？　返してくれるよな？」

姫夜叉の足の甲に、ぽたぽたと涙がこぼれる。

「……返せません」

小さい声である。

猫を抱いた首領は首を小さくかしげ次の言葉をまつ。

「……もう売ってしまったので、返せません！　その鳥目も薬を買ったのでありません。……御免なさい。あたいがはたらいて返します。許して下さい」

首領は特に反応をしめさずにじっと姫夜叉を見つめている。

姫夜叉にとって、恐ろしい沈黙だった。それは、雷が轟《とどろ》くとわかっていながらまだ落ちない時の、奇妙な間に似ていた。

子分が、

「小屋の中にはありません」

母をまかせた童子や放下師は、馬の陰から見ていた。

やがて、首領は、静かに言った。

「お前は嘘《うそ》をついている。あの香合は、何処かにあるはず」

その面貌からは何の感情も読み取れぬ。本気なのか、自分を苦しめるための嘘なのか――。

「おい、お前ら。こいつが香合の在り処《か》を吐くまで此処《ここ》に並んでいる小屋を一つずつ壊してけ。言ったろう？　姉貴のお気に入りなんだ。あれがねえと……姉貴が、機嫌悪くてよ」

「やめて！　他の人はあたいの盗みと関りないっ。お願いだから、やめてっ！……お母は病気なの」

姫夜叉は涙を流しながら金切り声を上げ、大槌を抱えて家に近づく大入道の足にすがりついた。

だが大入道は姫夜叉を引きずりながら小屋の前に立つと大きく槌を振りかぶった。

一撃で、弱い柱がぶち折れ――屋根として葺いていた古い藁が、濁流となって母親に襲いかかった。

「やめろって言ってるだろ！」

姫夜叉が狂ったように叫んだ。

大入道の足に、嚙みつこうとする。

「うーっ」

腹が潰れたのではないかと思うくらい強い痛みが走った。胃液を吐きながら、姫夜叉は地面に転がった。――体が浮き上がるほどの勢いで蹴られたのだ。酸味がきいた悔しさが、口の中ににじみ出てきた。――動けない。

「ひどいことをしおる！」

河原に住む男や少年が、京童に投石する。

「石を投げてきた者をぶちのめせ！　抵抗する奴の家は、焼け」

首領が命じた。京童の金礫が飛び、薙刀や打刀がひらめき、河原者たちに反撃する。双方、血が流れるも、武具において勝る京童が優勢である。河原の者の得物は棒や石で、無頼漢の集団は鉄の武器をもっている。

首領が近づいてきた。姫夜叉の小屋は完全に壊されていた。埃がもうもうと渦巻く。

――自力救済の世である。弱肉強食の世である。

室町幕府は、武家階級が賊の被害に遭うか、余程大規模な盗賊団が跳梁《ちょうりょう》しない限り、庶民に降りかかる盗難を「事件」と見なさない。つまり百姓や町人は何か盗られても自力で取り返さねばならないのである。

（……こんな世の中で生きていくにはあたい、弱すぎたかな？　今日死ぬのかな？　それとも、今日は生かされ、こいつらに一生いいようにこきつかわれて終るのかな？……嫌だ、死んだ方がましだっ）

地面に這《は》いつくばり激痛に呻《うめ》きながら彼女は思った。

首領が言う。

「まだ、香合は見つからねえんだとよ。さっき、言ったよな？　はたらいて返すと」

痛みで言葉が出ない。猫が喉を鳴らす音が聞こえる。強靭《きょうじん》な腕につかまれ無理矢理、引きずり起された。破れ笠に眼帯をした男だ。その男に後ろ首をつかまれた姫夜叉に、

眼を細めた首領が、

「どういう場所ではたらくかわかっておるな？」

京童どもが、動揺する馬をつれ去ろうとしている。眼帯の男に姫夜叉は引っ張られる。

自分の運命が、暗く滑落してゆく気がした。

――その時であった。

「おい、そのくらいにしておかねえか？　あと、その馬……俺たちの馬なんだよ。てめえらがさわるんじゃねえ」

野太い男の声が、した。

双眸を声がした方にむける。

涙で歪んだ視界に――ばかでかい男が飛び込んできた。

六尺超。

どの京童より屈強な体軀《たいく》をしていた。長いぼさぼさ髪を垂らし、いかにも意志が強そうな、いかつい顎をしている。顔立ちはととのっているが、暗く凶暴な気をたたえていた。

男の隣には娘が一人立っていた。すらりと上背がある娘で、髪は長く艶《つや》やか。浅黒く日焼けしているが肌は綺麗で瞳は大きい。凜《りん》とした佇《たたず》まいが、美しい娘であった。

（あの時の……）

盗んだ馬の持ち主とわかった姫夜叉は茫然となった。

二人は黒く大きな駒をつれていた。逞しい体には惨《むご》たらしくも数多くの傷が刻印されている。

「――何だ、お前は？」

首領が、訝《いぶか》しむ。

「俺はこいつの持ち主だ」

大男は、南部馬を指す。

いきなり現れた大男に京童たちの貪婪《どんらん》な眼光が一斉に降りそそぐ。小屋の破壊が、中断される。傷ついた河原者たちも、獅子若を注視する。

猫を抱いた首領は、

「だから何用かと、俺は問うている」

「あんたも物わかりが悪い男だな。もう言ったぜ。用事はよ」

獅子若は、皮肉っぽく笑った。

「どうせ、あんた、その餓鬼に何か盗られたんだろ？　俺も同じだ。取り返しにきた」

「…………」

「だが餓鬼相手にやりすぎるのはよくねえ。それくらいに、しておけよ」

竹槍を持った浅黒い小男が首領に接近する。

何事か、注進する。

首領の血走った眼が電撃に打たれたように大きく広がった。

「それは、真《まこと》か？」

「間違いありません」

小男が素早くうなずくと、首領が言った。

「てめえ……東坂本の獅子若か？」

ざわめきが熱風となって二十人近い京童どもを吹きすぎた。

獅子若は、

「東坂本は……もう追われた。今はただの獅子若だ」

姫夜叉は東坂本の獅子若なる名を知らなかったが京童たちの反応から、その名が町の無頼漢の中ではかなり通った名であるらしいのは理解した。

「本物なのか、あ奴」

都で荒ぶる無頼漢たちが、囁き合う。

首領が、

「東坂本を追われたから——この都で一旗揚げようという心胆か？　あいにくだが、都の印地打ちにはいろいろややこしい庭の取り決めとかあるんだぜ」

「兄貴……」

「……だろうな」

　さして興味なさそうに獅子若が呟く。

「俺はお前らともめるつもりは、毛頭ねえよ。野心もねえ。ただ、その馬は俺たちのだから引き取る。餓鬼に厳しく当りすぎるのはいただけねえから……もうその辺にしておけ。そう言いたかっただけだ」

　首領は柔和に笑みながら猫を撫でる。猫が、黄眼《おうがん》を、細める。

「それだと香合の分を取りもどせぬ。こ奴は、はたらいて返すと言っておるが何年かかることやら。馬も差し押さえる」

「俺の馬を？」

「獅子若、お前は東坂本を追われた男。都で生きるなら都の流儀にしたがってもらう。それができぬなら——差し出がましい口をきかぬことよ」

「問答無用ということか……。なるほど、よくわかった」

　獅子若は、妙に殊勝な面持ちで口にした。

　破れ笠の男は姫夜叉をつれ去らんとし、他の京童が春風、土佐ひじきをつれ去ろうとしている。姫夜叉の泣き声がひびく。

　首領が、首をかしげ、

「……どういう意味のわかった、だ？　わかったから、退《ひ》くと？　それとも、わかった上で相模伊豆党と印地《やる》と?」

相模伊豆党——相模、伊豆の飢饉《ききん》、疫病を逃れて都にきた無頼漢が組織した印地組だ。腐敗した幕府が治めるこの都には、このように諸国から仕事をもとめて大勢の貧しい者があつまり、若者たちは地縁によって結合し身を守っているのだ。

獅子若が——唇の端を冷たく吊《つ》り上げた。

首領の手が、猫を、放す。金礫が入った黒い巾着に左手をそえる。右手は、まだ動かない。

この男は印地組の首領であるのを誇示すべく黒く立派な巾着に金礫を入れているが、獅子若はこういう金礫の持ち方は嫌いであった。恫喝の道具でなく、身を守る武器と心得ているからだ。だから懐中に入れている。

室町時代の洛中では五月五日、端午の節句に大がかりな印地がおこなわれた。数十人の組を組織した若者たちが礫を投げ合い矢を射かけ合い薙刀や刀で切りむすび木刀で打ち合った。毎年、必ず、死者が出ている。

幕府を牛耳る高官たち、時の都の財界に君臨する者たちは——この印地で庶人の若人が流す血を、些《いささ》かも気にしない。政《まつりごと》への不安をわすれさせる生贄《いけにえ》が流した血液くらいにしか思っていない。

首領の右手が動いた。

「てめえを倒し……この相模の美濃吉《みのきち》が、京の全ての印地組をひれ伏させる！」

素早く巾着に手を入れる。

と、同時に獅子若から二つの武骨な光が高速で投げられ、一つ目が美濃吉の顎を、歯まで砕き、いま一つが破れ笠の男の手首の骨を破砕。

三つの金礫、すなわち獅子若が投げた二つと首領がにぎった一つが、地面に転がった。

血と歯をまきちらしながら首領は数間すっ飛んで大地に叩きつけられる。人々が、息を呑《の》む。

獅子若は首領の動きを遥《はる》かに上まわる速度で金礫を放ったのだ。手首を砕かれた破れ笠が、

「殺せっ」

京童どもが得物をひらめかせる前に獅子若から四つの鋭気が放たれ――四人の無頼漢が、顎や歯、肋骨《あばら》を壊されて、鎮圧された。口をあんぐり開けた姫夜叉は茫然とそれを眺めていた。

「獅子若！　命まで取らないでっ」

佐保が、叫ぶ。

「……こいつらの心配かよ」

敵は、まだ、十数人いる。佐保は青ざめた娘盗賊に駆け寄り、かばうように抱きしめ

た。

「大丈夫?」

側面から、獅子若に——竹槍が突き込まれる。

葉付きの竹槍だ。

火花でも散らすような勢いで叩き合された獅子若の両掌が、竹槍《それ》を食い止め力にまかせてもぎ取る。唖然《あぜん》としている浅黒い小男を、奪った竹槍で——打ち据える。

涎《よだれ》を垂らして呻いた小男もしぶとい。よろけながら、短刀を抜き、立ち直って、獅子若を、刺そうとする。

刺突をかわし、腹を蹴退《けの》ける。

三間ほど吹っ飛んだ小男は、掘立小屋の柱に頭をぶつけ、動かなくなった。

「しばらく眠ってろ」

殺気を感じる。身を、かがめた。頭の上を——死の風が吹いていった。

竜が如き大蛇を小袖で暴れさせた京童が白刃を振ったのだ。

そいつが再び刀を構える前に獅子若は、胴を蹴った。

男は放下師の小屋を突き破って、倒れた。砂埃がもうもうと立っていた。

獅子若はもはや、己の内に湧きあがるどす黒い激情をおさえ切れなかった。

金礫をひろい上げる。その時、爆発するような咆哮《ほうこう》と共に、大入道が、大槌を振るって、襲いかかってくる。

相手の急所めがけて投げつける。

大入道は白い泡を噴きながら倒れた。

獅子若は大槌をひろうと、今倒した大入道の双子の兄弟、二間ほどはなれた所にいた大入道に襲いかかった。

薙刀を槌ではね飛ばすや返す一撃をありったけの力を込めて脇腹にめり込ませる。大入道が、胃液をまき散らして、転がる。救いをもとめるような目で獅子若を見るが、

「許さねえよ」

戦意をうしなった大入道の肩に、容赦なく大槌を叩き込んだ。暗い喜びが胸中から湧いてきた。

もう独壇場であった。木刀や薙刀で武装した京童に大槌を叩き込み、薙ぎ倒し、打ちのめしていった。逃げる者も猛然と追いかけ、鬼の咆哮を上げながら、大槌で背中や腰を叩きのめす。

死者は出なかったが立ち直れない打撃をあたえられた者が多かった。

敵を全て倒した時、獅子若は自分にそそがれている二つの視線に気づいた。

一つは案じるような視線。いま一つはおびえた視線。

佐保、そして彼女にしっかり抱きかかえられた少女の盗賊が、瞬《まばた》きもせずに獅子若を

正視していた。

彼女たちの視線によって獅子若は初めて、自分が歪んだ笑みを浮かべているのに気づかされた。

思わず獅子若は佐保たちに背をむける。

春風に歩みよる。静かな声で、

「……行くぞ」

手品で、獅子若をたぶらかし、春風を奪った少女は、獅子若を真っ直ぐ見つめて訊ねた。

「どうして……あたいを助けた？　あたい、お前らの馬を奪ったんだぞ！」

「………」

姫夜叉の小屋は崩れ——病気の母はその小屋の中で息を引き取っていた。戦いで全壊した小屋は複数、あった。二十人の京童が血まみれになったり嘔吐物《おうとぶつ》にまみれて倒れており、呻き声やすすり泣く声がつづいていた。

伍

道の両側に鋳物師《いもじ》の工房が並んでいる。山から涼しい秋風が吹いてくるも、銅や鉄を溶かす灼熱《しゃくねつ》に、それは気圧《けお》される。

馬を苦しめる蠅《はえ》や虻《あぶ》も春風たちになかなかよってこない。しぶとい虫どもも、鋳物師の集落が起す熱気にかなわぬようだ。

七月二十五日。当代の暦では九月半ば。

はぐれ馬借衆《ばしゃくしゅう》――佐保と十阿弥、獅子若と姫夜叉、春風と蛟竜《こうりゅう》、鯨と土佐ひじき、そして三日月は河内《かわち》国大保《だいほ》を歩いていた。

あの後――獅子若は、はぐれ馬借に入る決意をかためた。

天涯孤独になった姫夜叉も同道していた。彼女が都にいれば――蘇生《そせい》した京童《きょうわらわ》の報復も考えられる。

佐保が掻《か》き口説《くど》き、母親を弔った件《くだん》の少女を七条の旅店《りょてん》につれていった訳である。

旅店にもどると、仕事が舞い込んだ。隣家の男を奈良から老父が訪ねてきていた。父親は老いた従者をともない徒歩《かち》できたが、帰り道が心もとないと息子は言う。

「お宅らの出番と思っての」

満面の笑みを浮かべながら旅店の亭主は言った。佐保は、快く、引き受けた。そして、「獅子若……近江ではいろいろあったから、貴方《あなた》の立場をはっきりさせないで、旅の道づれとした。だけどこの仕事を引き受けるなら、仲間に入ってほしいの」

仲間に入るには、儀式が必要であった。

その儀式は、京を発《た》つ前夜、天の川が白銀《しろがね》色の波濤《はとう》を起すのをあおぎながら、洛南《らくなん》の野でおこなわれた。

澄み切った夜天で気が遠くなるほど多くの星々が瞬いていて、虫の音がずっとつづいていた。胸に入ってくる青臭さが随分心地良い夜だった。

そんな夜の草原に、馬頭観音を置く。

この観音は十阿弥が木箱にいれ所持している。

馬医の許《もと》で見た、憤怒《ふんぬ》相でなく、穏和な観音の頭に、馬頭がのった柔和な像だ。灯《とう》明《みよう》を焚《た》き、生米、麦、大豆、黄瓜《きうり》、馬が好きな草をそなえた。

その前で獅子若は誓いの儀をおこなった。誓う獅子若を、二人のはぐれ馬借と、まだ母の死から立ち直れず、これから先どう生きるかもさだまっていない、赤い目をした少女が見つめていた。

獅子若は──不殺、不盗、村や町に火をつけぬこと、もっとも脚が弱い馬に心をくばること、荷物を途中で投げ出さないことなどの、掟《おきて》を守ると誓った。

佐保が言った。

「前頭《さきのおかしら》が狗神衆《いぬがみしゅう》に討たれてから……我らは首領をうしなったわ。だけど、旅をする以上、誰かが率いねばならない」

「お前がやれよ。前頭の娘なんだから」

獅子若が、意見する。佐保はきっぱりと首を横に振る。

「いいえ、掟では……前頭の馬を乗りこなした者となっていて、それを守るならば──」

獅子若が、瞠目《どうもく》する。

「獅子若、貴方が我らの頭ということになる」

鯨が、大きくげっぷをする。鯨の心は落ち着いていた。傍《そば》にいる春風がこの暴れ馬を穏やかにさせるようである。春風は、もっとも古くからこの集団にいたような落ち着きを漂わせていた。当初、鯨は──あらたに仲間入りした土佐ひじきに警戒を隠さず、近づくと威嚇したりしていたが、春風はこの小型種の土佐馬を受け入れて、しきりに歩みよって臭いをかいだりしていた。春風が土佐ひじきを許容すると三日月、蛟竜もこれをみとめ、鯨も渋々承認したようだ。

「俺が……お前らの頭? ありえねえよ。そんな器じゃねえ」

獅子若は頭《かぶり》を振る。

「鯨は——父が死んだ日から、はぐれ馬借の誰にも心を開かなくなってしまった。恐らく、わたしたちの誰も信じられなくなったの。この者たちはとても危ない場所に自分をつれて行く、そういう目で……わたしたちを見るようになった。安心して乗せることができない者、鯨はわたしたちをそう見なすようになったんだと思う」

馬は——過去に受けた傷や、苦しみを、深く心にきざみつけてしまう動物である。佐保の父が討たれた一件は鯨の中で、相当な苦しみになっているのだ。

鯨の黒く澄んだ瞳が真《ま》っ直《す》ぐに獅子若を見つめている。深い信頼がこもった眼差《まなざ》しだ。

十阿弥が、

「お主の何を……鯨が好いたのか、この十阿弥にはわからぬ。だが鯨がお主に心を開いているのは確か」

「獅子若が近くにいると、鯨はわたしを乗せる。獅子若が遠くにいると……決してわたしを乗せようとしない」

「俺が近くにいると、大丈夫なんだろ? じゃあもう少しだよ」

「そうかもしれない。だけど……掟が……」

「お前、馬鹿の一つ覚えみてえにそれだけくり返すなよ!」

「馬鹿って……ひどいわ」

「とにかく、掟なんてもんは、人がつくったもんだからよ。しばられんなよ」

「……………」

澄み切った星空でいくつもの流れ星が同時に落ちる。

三頭の大馬と二頭の小馬は先刻まで草を食《は》んだり臭いをかぎ合ったりしていたが今は、分厚い大男とすらりとした娘、くたびれた衣を着た僧形の老人と、少しはなれた所にぽつんと立った少女を、静かにうかがっていた。さらに四人と五頭を夜の草たちがひそめき合いながらかこんでいた。

やがて、獅子若が結論を出した。

「じゃあ、こうしよう。頭は——特にさだめねえ。みんなで、どうするか決める。お前が鯨に俺なしで乗れるようになったら……お前が頭になる」

「この十阿弥は異存ないが」

獅子若が、笑《え》む。

「よし。どうする、姫？　特別にお前の意見も聞いてやる」

「姫って……誰？　あたいのこと？　あたい、別に……あんたらの仲間じゃないもんっ」

小さい影が、強い語気を、ぶつける。

「仲間じゃねえっ言《つ》ったたって——一緒にくる訳だろ？　じゃあ無関係って訳にはいかね

えんだ」

獅子若は幼くして在所をはなれざるを得なかった先輩として姫夜叉に相対している。

「それは後で――てめえが損したりするんだよ。お袋さんいなくなって辛《つれ》えのはわかるよ。だけどよ、どうすりゃ前にすすめるか……考えることを止《や》めちゃいけねえ。俺たちとくるなら誰が頭になるかは大切な問題だろ？　違うか」

「…………」

やがて、姫夜叉は、ゆっくりと首を横に振った。

佐保は獅子若が見せた意外なやさしさを目を細めて眺めていた。

獅子若が、佐保に、

「で、どうする？」

「わかったわ。……そうしましょう。……ねえ、姫夜叉。貴女《あなた》は貴女がいたいだけ、わたしたちといていいんだよ。だけど貴女が他所《よそ》に行きたいなら、わたしたちは追わない」

「……ありがとう」

左様なやり取りを経て一行は翌日、南都へ向けて出立。二人の老人を無事送りとどけている。奈良において佐保は西大寺《さいだいじ》の馬借衆の許にむかった。

西大寺には佐保の父と古い付き合いがある馬借の親方がいて父の死を報告せねばならなかったのである。佐保は、そこで仕事をたのまれた。

奈良から南大和にある荘園に材木をとどける仕事だった。西大寺馬借が出払っていて、手が足りなかったのだ。

はぐれ馬借衆はこのように、つながりがある諸国の馬借衆から、応援が如《ご》き形式の仕事をわけてもらったりする。佐保は、諸国の馬借衆について、良いつながりがある馬借衆、悪い因縁がある馬借衆、全く接点がない馬借衆、この三つにわけられると語っていた。

はぐれ馬借に仕事をたのむ方法は、いくつかある。

一つ——はぐれ馬借と昵懇《じっこん》の馬借衆を通じて、大体どの辺りをさすらっているのか聞いた上で、委託する（佐保たちはこの方法で南大和に材木をとどける新しい仕事に、ありついた）。二つ——はぐれ馬借に何かをはこんでもらった者を通じて委託する。三つ——はぐれ馬借は、源義経が奥州《おうしゅう》へ落ちのびるのを助けた縁で、かの貴公子から過書《かしょ》（旅券）をあたえられた。義経の過書がはぐれ馬借が関銭《せきせん》を払わない根拠になっている。義経を慕うはぐれ馬借はそのゆかりの地を通る蓋然性が高い。たとえば義経ゆかりの宿場、鏡の宿《しゅく》の住人などを通じ、言伝《ことづて》をたのむ。四つ——はぐれ馬借は今まで、重大な出来事に直面した時、馬頭観音堂を建ててきた。それぞれ重い背景でつくられた馬頭観音で、日本に四つある。正式には、四大馬頭観音、略して四大様と、佐保たちは呼んでいた。はぐれ馬借は、一年に一度、必ず四大様へ行かねばならぬ、掟である。だから四大様の祠《ほこら》に手紙を置いておけば必ずはぐれ馬借にとどく。

――さて、南大和に材木をとどけたはぐれ馬借一行は、取りあえず西へむかうことになった。四大様の一つが土佐の深山にあるためだ。

「台風のくる土佐になあ。おい、他の三つは何処《どこ》にある?」

獅子若の問いに、佐保は、答える。

「越後とか……。越後の四大様には冬行くよ」

「どう考えても、逆にした方がいいだろう? 台風の頃、越後に行って、雪の頃、土佐に行った方が楽じゃねえか」

常識的な疑問をぶつけると佐保は春の小川のように爽やかに笑った。

「嵐の土佐には水害で孤立した村があるかもしれない。冬の越後には、大雪で孤立した町で何か大切なものを待っている人たちがいるかもしれない。……掟にあったでしょ? 困っている人は、助けるって。もう忘れたの?」

「……たしかにあったな。んな掟が」

「身内《うち》には、水練が得意な馬も、雪国にそだち、寒さに強い馬もおるしの」

十阿弥がつけくわえる。

「なるほど。よくわかったよ。坂本馬借にはねえ発想だ」

かくして、獅子若たちは、大和から金剛《こんごう》山地を越え、河内に入った訳である。河内から堺《さかい》の町に出、そこから四国にむかう予定だ。

今、獅子若たちがいる大保は古くより鋳物師の里であった。大保千軒といい、平安時代には大保に千軒近い鋳物師の工房があったようである。

鋳物師――銅や鉄を溶かし、粘土や砂でつくった鋳型に流し込んで、道具をつくる職人だ。鍛冶師《かじし》の鍛造《たんぞう》（金属を叩《たた》いて道具をつくる）よりも、硬さがもとめられないものをつくる。鍋、釜、鎌。そうした生活具に加え仏像や梵鐘《ぼんしょう》などだ。そして河内は――鋳物師の国として知られている。河内鋳物師が、他国にうつったり、河内鍋を諸国で売り歩いたり、出吹《でふ》きといって、注文主のいる国まで出張して諸国に鋳物が流通していったのだ。

鋳物師集落を歩きながら十阿弥が、

「河内から、他国にうつっていった鋳物師も多いようじゃ。だが、河内が鋳物師の国であるのは間違いないぞ、姫」

「……ふうん」

姫夜叉は河内鍋がつまれた荷車を真剣に見つめていた。

「千軒とはいかぬまでも……数百軒はあるじゃろう」

十阿弥はこのように、世の中の仕組みについて姫夜叉におしえていた。獅子若は自分がはぐれ馬借に早くなじんだのも、十阿弥がいてくれたからだと思う。

右方で、タタラ唄が聞こえる。

金属を溶かすには炉に風をおくる必要がある。風を起すには、土でかためた本体に板を置いた、タタラをつかう。上から吊《つ》るした縄につかまった者たちが板を踏んで風を起す。

風は――溶解炉・甑《こしき》におくられる。

大規模な甑は主に粘土でつくった人の身の丈をこす大円柱だ。甑の中には炭が敷かれていて、その上に地金《じがね》と呼ばれる銅や鉄の塊を敷き詰め、その上に、また炭を置き、そこにさらに地金をかぶせ、またそれに炭を置く、という具合に、炭、地金を重層的に積んで火にかける。

赤い熱の液となった銅が甑の中で燃えたぎっていた。大きな鋳物師の工房で、熱を忘れる唄を歌いながら、若い見習いたちが汗だくになって、タタラを踏んでいた。

その反対側、道の左側には、もっと小規模な、鋳物師の小屋がある。

板屋根の小屋で全て土間、壁は一面にしかない。

その小屋では父と子がはたらいていた。

深さ七寸（一寸は約三センチ）ほどの小さい穴がある。小屋の中央に掘られたその小穴《あな》は、籾殻《もみがら》をまぜた粘土でかためられていて、皺《しわ》深き鋳物師はそこに銅の塊を少し入れ火にかけていた。小規模な甑なのだ。隣に置かれた木箱、ふいごから風をおくっている。

棒を差し込んでは、引き、差し込んでは、引いて、風を起す、タタラよりずっと小さい箱だ。子がふいごを動かしていた。管でおくられた風が、こぢんまりした、穴状甑で火を熾《おこ》す。その火で溶けゆく金属を父は玉の汗を浮かべて注視する。

大きな鋳物師の小屋。小さな鋳物師の小屋。左様な小屋が沢山、軒を並べていた。

梵鐘を道端に置いた小屋があり、それをつかって、童《わらわ》らが隠れん坊をしていた。

小屋の壁に付設された棚にいろいろな鉄器、銅器、すなわち湯釜であったり、水瓶《すいびょう》であったりを整然と並べて、ふいごを動かしている鋳物師がいた。

褌《ふんどし》一つになった逞《たくま》しい鋳物師が銅を型に流し込んでいる。赤熱化した液体が鉄鍋に棒をつけたような道具で――型に垂らされる。赤い火がどろどろと落ちてゆく様を姫夜叉は驚嘆をもって眺めていた。

獅子若たちは賑《にぎ》やかな大保に入ると下馬した。

獅子若が姫夜叉をちらりと見る。母親をうしない深い憂いに沈んでいた姫夜叉だが、少しずつ面差しにやわらかさがもどっていた。佐保はそんな姫夜叉に時折、話しかけ、昔のことなどを注意深く訊《き》いていた。

と、

「十阿弥はん違《ちゃ》う？」

はぐれ馬借衆の前に男が一人、歩み出る。四十がらみの男だ。

十阿弥は男を注視している。小柄な男で、面《おもて》は長く、受け口だった。

「おお、そなた……」

男は、

「おや、佐保はんもおるやん」

怪訝《けげん》な顔になった獅子若に、十阿弥が、甲府《こうふ》に出吹きにきていたこの鋳物師と旅の途中で知り合ったのだとおしえる。

自身の工房からやや奥まった所にある男の家に案内《あない》された。茶を、馳走《ちそう》になる。

「そうか……前頭に……筑前はんも……。何ともなげかわしい」

松大夫《まつだゆう》というその鋳物師はそれまでの大声をひそめ静かな声でゆっくり語った。

「そやけど……たのもしいお仲間も……ふえた」

松大夫が、獅子若、姫夜叉に、視線を、投げかける。

「俺は仲間に入ったが、こいつは考え中だ」

「気安く、あたいにさわるな、獅子若！」

獅子若が肩に手を置くと姫夜叉はわざとらしく大きな抗議をした。皆、少し笑った。

「お、そや。ええことを思いついた」

松大夫がぽんと手を叩く。

「佐保はんたちに、たのみたい仕事があるんや」

はぐれ馬借衆を見まわすと、勢いよく言った。


松大夫の仕事とは次の如きものだった。

松大夫の伯父《おじ》、楽阿弥《らくあみ》が先月亡くなった。楽阿弥には倅《せがれ》が一人いたが大分前に亡くなっていた。他に、身寄りはいない。

しかし楽阿弥の工房を整理していると遺書が如きものが見つかった。

——楽阿弥は若き頃、山城に出吹きに出かけた折、娘をもうけ、その娘は今、鳥羽《とば》にいるらしい。死期を悟った楽阿弥は生前、親らしいことを何もしてやれなかったので、その娘に贈るために暮しの道具を一通りつくっていた。

釜や、大鍋、小鍋、鎌などだ。

その道具を鳥羽にとどけてほしいと記されていた。

あいにく山城に出吹きに行く者もなく、おまけに、大保は今、細川家や高野山《こうやさん》などから大がかりな注文があって、多忙であったから、それらは松大夫があずかっているという。

「娘ゆう人に、届けてほしいのや」

はぐれ馬借衆は考え込む。彼らは京を出て、大和を経由、河内に入った。そして今、土佐に行こうとしている。鳥羽は都の少し南ゆえ、もどる形になる。

獅子若も十阿弥もここは佐保にまかせようという気持ちになった。

佐保は大きな目を少し細めて思案していたが、やがて、

「わかりました。力になりましょう」

その日は松大夫の家に泊り、翌日、大保を発ち、鳥羽に行くことになった。京童《きようわらわ》・相模伊豆党の報復はないだろうかという憂慮が一瞬、獅子若を満たす。だが京と鳥羽は別の町だし、佐保の決断にしたがおうと、思った。

(まあ、いいか。また、奴《やつ》らがきても――)

歪《ゆが》んだ笑みが唇に浮かぶ。獅子若はふと己にそそがれる視線に気づいた。姫夜叉だった。

「……何だよ」

「別に……。あたいと獅子若って、笑う処《ところ》が違うなって思っただけ」

ぺろりと舌を出し、それからわざと歯を剥《む》き出して挑発する。

「けっ」

この少女は苦境の中に生きてきただけあって、人間の表情からどういう思考の波が起きたか、その川筋を正しく見切る力を有するようである。獅子若はそれがどうも気に喰《く》わなかった。

「お前、そういう顔すると、くしゃみをする時の土佐ひじきにますます、似てくるぜ」

姫夜叉の、小さな手が、獅子若の図太い腕を叩く。

「何するんだ、この餓鬼」

姫夜叉はさっと佐保に隠れる。

「佐保姉ちゃん、十阿弥。獅子若がぶとうとする」

——佐保と十阿弥にはなついている。だが、姫夜叉と獅子若との間には、なかなか崩せぬ壁がある。

(誰のおかげで……)

という思いが獅子若にはある。一体、誰が京童につれ去られそうになっているこの子を助けたのか。佐保はあの場にいただけではなかったか。十阿弥に至っては、春風を取り返そうと追いかけた処を、礫《つぶて》で追い払われたのだ。

曙光《しょこう》が河内の山々を紫色に照らす頃、獅子若と佐保は馬たちに米糠《こめぬか》と稗《ひえ》を煮たものを食ませる。

これらは消化しやすく——すぐ力になる。だが同時に、食物繊維も、取らせねばならず、その比率は、飼育者の勘に因《よ》る。いわば、腕の見せ所だ。二人は夜明け前に刈った草を一緒に喰わせた。配分は、佐保が決めている。馬一頭一頭の体格や状態を見て、それぞれの配分を決めてゆく。

十阿弥と姫夜叉は高いびきをかいて四肢をのばしていた。昨日は二人が当番だった。三日月に給餌していると隣の鯨が獅子若の脇腹を鼻でさかんにつつく。早く、早く、と催促している。

「わかってるよ。すぐ行く」

厩《うまや》の臭いを吸いこみながら獅子若が言う。この厩は鋳物をはこぶ駄馬たちの小屋で、今その馬たちは出払っている。

土佐ひじきが餌を期待するように、そっと顔をのばす。殊勝な面持ちである。この馬は何かをねだる時、鯨の如く強く主張しない。万事控え目であり、食べ方も鯨や春風が草を豪快に地面に引きずりまわすように咀嚼《そしゃく》するのに対し、少しずつを細々と食す。

今もそうやって草を食む土佐馬を獅子若は目を細めて眺める。大和の寺から姫夜叉が盗んできたというから、その寺で徳をつんだのかもしれぬ。

「こいつの殊勝さを……姫にもみならわせてえぜ」

ヴヒン！と、春風が鳴き、蛟竜も、つづく。その大きな音が獅子若の言葉を掻き消した。

佐保が、衣についた秣《まぐさ》を払い落とし、

「え？」

「いや……姫も少し元気になってきてるみてえじゃねえか、そう言ったんだよ」

佐保は小さくうなずいた。

給餌し終ると、外に出た。

夜明けの底で鋳物師の家々がそこかしこで暗い輪郭を佇《たたず》ませている。板葺《いたぶき》屋根、板壁の家屋だ。何処かで、鶏の鳴き声が、する。

共有の井戸と物干し竿《ざお》、そして芋の畑があった。

獅子若と佐保は井戸で顔を洗った。

洗顔した佐保の肌に獅子若は、女菩薩《にょぼさつ》に似たしっとりしたやわらかさをみとめた。しばし佐保に見とれていた。

不思議な娘であった。柔和な磁気、というべきものをまとっている。その磁気につつまれた者の心にきざまれた傷は癒える。馬も、人も。その他の獣も。鯨をのぞいては――。

佐保は内側に父をうしなった痛みと悲しみをかかえながら、深い怒りを燃焼させていた獅子若に出会い、いつの間にか癒していた。姫夜叉もそうだ。佐保の癒しは今、急速に姫夜叉の魂を再生させつつあった。

獅子若は、自分になく、佐保に在る力に、思いをいたす。

「どうしたの？」

佐保が微笑した。

「……何でもねえ」

「ねえ、姫夜叉のことだけど」

「ああ」

佐保は噛《か》みしめるように呟《つぶや》く。

「今は茫然《ぼうぜん》としているだけかもしれない。訳のわからないまま、わたしたちと共にくることになって。もう少し時が経《た》った時……本当の悲しみが押しよせてくるかもしれない」

「………」

しばらくして、獅子若は、言った。

「そろそろ二人を起すか?」

「うん」

佐保が首肯した時、丁度、起きぬけの眼をこすって十阿弥と姫夜叉が、顔を洗いに出てきた。


四人と五頭は河内の野を北上、江口《えぐち》の辺りで、渡し舟に乗る。

「江口はな、今はただの野原や。そやけど昔は、遊里やった」

きらきらと光る川面《かわも》に水脈《みお》を引きながら船頭が言う。

「京から西にむかう旅人は江口の遊女を愛し、西国から京にむかう者は神崎《かんざき》の遊女を愛したのや」

淀川《よどがわ》は古来、都と瀬戸内海、つまり畿内と西国をむすぶ大動脈として機能していた。西からは魚や海藻、塩、材木や大陸起源のめずらしい宝物をつんだ舟が上ったろうし、東からは都人を乗せた舟が下っていったろう。

一行は、淀川北岸、茫漠《ぼうばく》たる草原を東へ旅する。

鯨が黒色が目立つ背に釜や大鍋小鍋が入った木箱を振り分け荷にして背負っていた。鯨の引き手綱《たづな》は、獅子若が引いていた。

春風が茶色い背に、鎌が入った木箱、そして、死んだ鋳物師が娘のためにつくった幾体かの仏像が入った木箱を、背負う。春風を引く手綱は佐保がにぎっていた。三日月が皆の荷を背負っていて引き手綱は十阿弥。蛟竜は三日月につながれており、単独で行く土佐ひじきに姫夜叉がまたがる。

一本道を、軽快な足音を、ひびかせながら、馬たちは行く。鯨が歩きながら馬糞《ばふん》を垂らす。三日月も、垂らす。すると道に転がった馬糞牛糞にたかっていた蠅どもがさーっとあつまっている。

一度、淀川からはなれた街道が、また川に迫る。

白く花咲いた葦原《あしはら》の向うを舟が行き交っていた。光が破片となってばらまかれた中、内海に下る舟、逆に山城方面に上る舟が、すべっていた。川を上る舟は水際を歩む褌姿の男たちが、かけ声と共に縄で引いていた。

しかし、街道を行く者も多い。

たとえば獅子若たちは少し後方の松の木陰で下駄《げた》をはいた老人を先頭とした時宗　聖《じしゅうひじり》の一団を追い抜いたばかりだ。前からは、真っ黒に日焼けした半裸の百姓が、牛に乗ってやってくる。

編笠《あみがさ》をかぶり、黒弓をもった髭《ひげ》もじゃの猟師。

初秋だが長く歩いていると汗ばむ陽気だ。

田と田の間に、畑があり、百姓たちが、小豆《あずき》を収穫したり、畦《あぜ》作りをしたりしていた。

田の中のか細き一本道、街道に合流する里道を、赤牛、黒牛が麦を満載にした俵を背負い、のろのろと行く。牛を追う編笠の男が何事か声をかけている。

草の香が胸を満たし、流れる汗で喉が痒《かゆ》くなり、馬借の一団とすれ違う度に砂埃《すなぼこり》が目にしみる道行だった。

道中には関所がいくつか立ちふさがる。

だが、はぐれ馬借は、一文の関銭も払っていない。義経の過書を見せると役人たちは無言で彼らを通す。

夕刻。鳥羽に、ついた。

鳥羽で鴨川、桂川《かつらがわ》が合流する。桂川は——淀川の一支流だ。古来、鳥羽には「津」が置かれていて、淀川を遡上《そじょう》して京を目指した西国の品々が陸揚げされる湊《みなと》であった。だからここは牛に車を引かせて瀬戸内海の塩や塩引魚、鎮西から廻送《かいそう》された九州米を都にはこんだりする「車借衆《しゃしゃくしゅう》」や、遠国から物資を取りよせる大商人「問丸《といまる》」の一大拠点となっていた。

だるさと、物憂さを太い声帯でまぜ込んだ、長い声が、鳥羽湊のそこかしこでひびいている。

——牛どもの鳴き声だ。

黒牛が、多い。さかんに黒い尾を振っている。王のような威風を漂わせる牡牛《おうし》の横に萎縮した子牛が佇む。

牛どもは大きな舌をむにゃむにゃと動かしていた。

褌姿になった車借たちが鴨川の水で仕事終りの牛を洗っていた。洗われるのをまっている一頭の牛に獅子若が手をのばし、撫《な》でようとする。だが、牛は不快げに、額をそらした。片耳だけ動かし、うつむきがちに瞬《まばた》きしながら、よけた。その牛の鼻を目指して羽虫がさかんに飛んでいた。

鶯色《うぐいすいろ》の布に橘《たちばな》の絵を墨で描いた暖簾《のれん》をくぐり、赤い衣を着た童女が出てくる。板壁のその町屋では見世棚に饅頭《まんじゅう》、餅、そして草履や足駄《あしだ》を並べていた。童女はそれを片づけてゆく。

白い地に緑と紫の染料で萩《はぎ》が描き込まれた、いと涼しげな小袖を着た女が、しゃがみながら、前をはだけて子供に乳を吸わせている。痩せた犬が吠《ほ》える。

問丸の大きな屋敷が並び見事に白い土倉に夕日が当り柿色に燃えていた。

佐保が、

「大きな町ね」

鳥羽は初めてのようである。

姫夜叉が、言う。

「それは、そうだよ。水の道と陸の道がぶつかる所だもん」

「かの鋳物師の娘は……桔梗《ききょう》という名と聞いておるが。それだけが手がかりとはな」

十阿弥だ。

佐保に引かれた春風が、よってきた虫を尾で払った。獅子若がごつい顎を手でさする。

「そうだな。取りあえず、その辺の奴に訊いてみようぜ」

梨と瓜を並べた見世棚の奥に女が座っていた。広さは三畳ほどしかない、板葺屋根の小さな店だ。今は下馬して土佐ひじきを引いていた姫夜叉が、女に問う。

「ねえ、あたいたち、人をさがしているんだけど」

「何という人？」

目が大きな女はやさしく首をかしげている。

「桔梗という人。この町に、住んでいるの」

「さあ……知らんなあ。小犬丸《こいぬまる》様に、訊いてみたら、ええ」

「小犬丸様……」

「この町の車借をたばねとる御方《おかた》。まだ、若いのに……。問丸もやっとる大沢《おおさわ》家の跡取りや」

「――ありがてえ。訊いてみる」

獅子若が、素早く、話を打ち切る。明らかに不自然な打ち切り方だった。

梨が食べられると期待していた姫夜叉が騒ぐ。

「梨、買って行かないの？　ねえ」

「わかった、わかった、買おうぞ、買おうぞ」

ボロ衣を着た十阿弥が、銭を出す。

皆の分の梨を十阿弥が買い、祠の脇に佇む松の木陰で食す。

甘い果液《しる》が、はぐれ馬借衆の喉《の》を光らせる。

梨を呑んだ佐保が、

「大沢家って……あの」

「ああ。この町で一番でけえ問《とい》で、車借もやってる。小犬丸はその家の倅で車借をまかされ、印地の一党も仕切ってる」

獅子若の厚い手の甲が、唇をぬぐった。

「京童ともつながりがあるやもしれぬ、ということじゃな？」

荒くれ者どもが、鳥羽にもいる。——十阿弥は思案顔になる。

「茶木大夫に聞いたくれえで詳しく知らねえが、大犬丸《おおいぬまる》って弟が、いる。弟の方がでかく、兄貴は小柄なんで、小犬丸大犬丸兄弟。連中と、かかわらねえ方がいいだろう」

車借稼業にいそしむ傍ら印地に明け暮れる一団だ。

左様な緊張をたたえた獅子若の横を大きな荷唐櫃《にからびつ》をかついだ六人の屈強な男が行く。天秤棒《てんびんぼう》に、重たい木箱を下げた荷唐櫃。大きなそれを、二人ずつではこんでいた。片方の肩を露出させ顔を上気させた男たちが運搬する中身は恐らく饗宴《うたげ》に出される食べ物であろう。

麴《こうじ》の行商をしている女をつかまえ、訊いてみると、果たして桔梗の居所を知っていた。

桔梗の母、つまり、鋳物師の楽阿弥と恋仲になった女性は、既に亡くなっていた。年頃になった桔梗は蓬萊屋《ほうらいや》という漆器屋をいとなむ男に見初《みそ》められ、嫁いでいるという。

青い黄昏《たそがれ》の帳《とばり》が町をおおう頃——獅子若たちは、遂《つい》に蓬萊屋の前にたどりついている。

その店の左隣は鶏が二羽、板屋根に佇立《ちょりつ》した町屋で、何を商っているのかよくわからなかった。右隣は小袖屋だ。赤く瀟洒《しょうしゃ》な暖簾が垂れていて、白い千鳥の模様が、夕闇の風に躍っていた。

蓬莱屋は、柿渋染《ぞめ》に蓬莱山を墨で描いた暖簾を戸口に垂らしていた。

古く重厚な趣が醸されている。

その暖簾をはさむ形で、見世棚が二つ、置かれていた。見世棚には朱漆塗、黒漆塗、あるいは透明度が高い透き漆を塗った、お椀《わん》、膳、盃《さかずき》、重箱などが、整然と、並べられていた。

女が一人出てくる。

ふくよかな女だ。幼子を背負い白い桔梗模様が染め抜かれた藤色の小袖を着ていた。

何となく視線が合った獅子若らに温かい微笑を見せるや、品物を片づけはじめた。

盃を重ねるその手は——なれた所作で丁寧に器をまとめてゆく。

この人こそ桔梗であろうという直覚が、全員の胸を走る。

佐保が歩み寄った。

「桔梗という人をさがしているのですが……」

「わたしです」

女が、振りむく。

佐保の話の途中から桔梗はそわそわと視線を泳がせた。強い感情による硬化が、ふくよかな面に起り、母の異変を感じ取った子供が泣き出した。

慮《おもんぱか》るように、佐保が話を止める。

するとと桔梗は青ざめた顔に手を当て、何も言わぬまま、柿色の暖簾をくぐって店内に駆け込んだ。

獅子若と佐保、姫夜叉と十阿弥が、顔を見合せた。

しばらくして、痩せた大人しそうな男が、店内から、出てきた。

桔梗の亭主を名乗る男は深々と頭を下げる。

「あれが申すには……その父ゆう御人と、話した記憶は一度もない。若い頃に母親すてた男や。父親らしいこととしてもらった覚えも、ただの一度もない」

鯨が背負った大きな箱を見やる。

「そないなもん、今さらもらっても困る、ゆうこっとす」

厳しい言い方であった。佐保は、真っ赤になってうつむいている。

「どうか、お引き取りを」

十阿弥が穏やかな語調で、

「ではこのもってきた品々はどうすればよろしいと、思われる？」

しばらく男は考えていた。やがて、重い口が開いた。

「河内にもってかえっていただくか。そやなかったら、この鳥羽でお売りになってもよろしい」

「んなことはできねえよ。たしかに、悪い処がある爺《じい》さんだったのかもしれねえ。だけど、その爺さんが、最期に娘のことを思って火を入れた……鋳物だぜ」

獅子若は、言った。

「――受け取る訳にはいきまへん。お引き取り下さい。あん者が、そない申しとる以上」

「………」

硬質な沈黙が獅子若たちをつつんでいる。春風が、ぱたぱたと尾で臀部《でんぶ》を叩く音がつづいていた。土佐ひじきがヴヒン、と大きく、息を吐いた。

「わかりました。明日もまた、参ります。どうか一晩、考えてほしいと、桔梗さんにつたえていただけないでしょうか？」

佐保が頼み込む。男の額に思案の皺が寄る。しばし、腕を組んで考え込んでいた。

「わかりました。そうしましょう」

「よかった」

佐保はかんばせを輝かせた。

はぐれ馬借一行は、取りあえず、旅店をさがす。夕闇が益々《ますます》色濃くなっている町を歩く。

河内からずっと歩いてきた馬たちの脚は重い。

この日、鳥羽の町は朝から乾いていて、風が吹くと夕刻の道で砂煙が暴れている。湊の町衆は夜が近づくと屋内に引き取り鶏鳴を聞く頃まで動かないから、街路を行くのは獅子若たちだけだった。

前方——砂煙が、転がりもだえながら、右から左へ流れてゆく。獅子若たちの双眸《そうぼう》にも砂塵《さじん》が入る。

不意に、獅子若が立ち止る。

目を見開いた。

赤や緑——派手な小袖を着た若者たちが、前方に展開した。木刀や、薙刀、弓矢、そして「ふりげんばい」という礫を投げる道具で武装した若者たちが、物陰から現れ、行く手をふさいだ。

(車借どもか)

普段は陸運、何かことあれば印地打ちに明け暮れる、荒ぶる若者たちだ。

姫夜叉が、素早く、

「獅子若、後ろにも」

顧みる。

後方にも武装した若者たちが六、七人、ずらりと並んでいる。

はぐれ馬借衆と馬五頭は完全に挟まれた。

馬借衆と、車借衆の間を、砂風が吹き抜ける。

「牛と馬を交換してえとか……そういう話か？」

猛烈な眼火を灯《とも》した獅子若は、懐中の金礫の重みを実感しつつ、歪んだ笑みを浮かべる。

「だったらお断りだぜ」

車借の一人が、

「東坂本の獅子若やな？」

獅子若が四条で倒したのは東から都にきた、あぶれ者たちであった。こちらは鳥羽土着の荒くれ者だ。

「今ははぐれ馬借の、獅子若だけどな」

「わしは、大犬丸や」

のっそりと大きい男が、宣言した。獅子若に負けないくらい図体《ずうたい》が大きい男であった。

（弟の方か）

獅子若の面貌は、険しくなる。

「名ぐれえ聞いたことがあるぜ」

獅子若が、言う。相手の太き肩や厚い胸板から頑強な鬼気と呼ぶべきものが放出された。

（こいつ……只者《ただもの》じゃねえ）

この頃の無頼漢の間では、印地の腕前は大切な力量の一つであった。村の子供たちも、石合戦に明け暮れ、よく死者が出る。戦国時代になると、投石部隊まであった。印地の名人同士が向き合えば、そこには剣技に秀でた武士同士が対峙《たいじ》した時に似た、殺気が放電する刹那が生ずる。

今、獅子若と鳥羽の大犬丸のあわいに発生している「火花」こそ、それだ。

二人は庶人であった。

獅子若は母方に武家の血を引くも、貧困の中で大きくそだち、大犬丸は、代々鳥羽を牛耳り、江戸時代にも町の有力者となっていく名家、大沢家に生れたが、それは流通にかかわる商家であって、武士ではない。

しかも印地で名を馳《は》せた二人が投げるは石でなく金礫。――黒く、ガチガチした、鉄塊だ。

大男二人の間に今、誰もが固唾《かたず》を呑むような闘気のぶつかり合い、腹の探り合いが生れている。

「で、何の用だ。大犬丸」

「心当りがあろうよ」

「何もねえな」

一応とぼけてみる獅子若だった。

大犬丸は友でも見るように目を細め、微笑していた。がっちりした巨漢で、浅黒い。瞳は穏やかだ。しかしその底に、ちょっとやそっとのことでは揺るがない意志の固さ、凄気《せいき》が、隠されている気がする。――これくらい癖がある男でなければこの町の荒くれ者はたばねられまい。大犬丸は、兄、小犬丸に次ぐ副将が如き立場で鳥羽の印地打ちどもに君臨しているのだ。

大犬丸が、指摘する。

「幾日か前のことよ。都で青磁の香合が一つ、盗まれた」

姫夜叉が肩を小刻みにふるわせうつむいた。佐保が、励ますようにそっとその肩に手をまわす。短髪の娘盗賊は、唇を噛み、佐保に体重をあずける。

砂埃が、はぐれ馬借衆、鳥羽車借衆に、吹きつける。四幅袴《よのばかま》の下で、獅子若の太腿《ふともも》が、血脈をふくらませつつ力む。

夕闇によって曖昧模糊《あいまいもこ》となった大犬丸の顔が動く。

「香合を盗まれたのは……わしの知り合いの、姉や。わしの知り合い、仲間と共に香合を取り返すべく四条河原に行った。そこにお前がおった。お前はわしの知り合いに恥かかせた。そやろ？　獅子若」

「少し話が違う」

獅子若は言い返した。

「知り合いも、呼んどる。傷が、癒えたさかい。申し開きはその知り合いの前ですればええ」

「何が望みだ。大犬丸」

「――お前と印地すること。その一点や。もう何年も前から東坂本の獅子若と礫投げ合うのが夢やった。丁度、お前が鳥羽歩いとるゆう話聞いて、飛んできた次第や。幾日か都に潜み、もうほとぼりが冷めた思うて都をはなれ、南に逃げる心胆やったんか……獅子若ぁ。残念やったのう」

「………」

獅子若は静黙していた。

鳥羽に着くまで残暑に打ちひしがれた世界は安閑さを見せていた。しかし黄昏時の今、元々隠しもっていた凶暴さを剝き出しにしたようである。

佐保が、額に手を置く。

「……ごめんなさい。獅子若」

「どうしててめえが謝る？」

「わたしの考えが……軽率だった。鳥羽の車借衆と、京童のつながりを……。そこまで思いを馳せなかった。わたしのせいだわ」

「てめえが謝る処じゃねえよ。だから、そんな顔すんな」

そうなぐさめると、獅子若は、挑発の眼火を大犬丸に灯す。

「別にやってもいいけどよ、てめえは俺が勝ったら何をくれる？」

「うぬらの命の保証」

「それだけか？」

「――せや」

「てめえが、勝ったら？」

「わしの礫で――お前は死ぬかもしれん」

殺す気で投げるという言外の意味を獅子若はしかと受け取った。大犬丸は、

「もし死なんかった場合、お前の右腕一本と――」

「………」

「姫夜叉ゆう張本《ちようほん》の娘――」

少女の体は、大きく震動した。

「姫っ」

佐保が安堵《あんど》させようと、小さな手を強くにぎる。

金剛丸らに売られた乞食の娘が思い出され怒りの黒汁が獅子若の胃袋に湧いていた。

「馬全頭、お前らの有り金全部、残り二人の身柄。半年鳥羽ではたらいてもらう」

荒くれ者どもが、げらげらと笑った。

「それくらいとらねば、青磁と二十人が四条で打擲《ちょうちゃく》された釣り合いは取れん」

「んな話呑める訳ねえだろっ」

怒気が獅子若の語調に籠っていた。

「随分——割に合わねえ裁きだぜ。類は友を呼ぶというが……美濃吉と親しいっつうてめえも、やはりろくでなしだったか。——全くよぉ、どいつもこいつもろくでもねえぞ！」

——巨大な怒気が溶岩となって、獅子若の五体で胎動している。

それは大犬丸への怒りというより、もっと大きいものへの憤りであった。

人よりも、宝物がもてはやされる世。

上林坊栄覚、室町家のような、一握りの富める者があらゆる力と富を得て、多くの者が見放されている世。

見放された者たちの命が……力をもつ者たちに、その力によって守られない世。全てを自分でどうにかせよ、自分で自分を守れと——突き放す世。左様な世を生きる庶民の中で起るいがみ合い。

そういうものへの怒りが、獅子若の内で、ふるえていた。圧倒的な憤りが、悲しみとからまって、竜となり――大犬丸に叩きつけられる。

「――いいぜ、やるか」

大犬丸がかすかにおののく。獅子若が放った凄気の、重圧《おもみ》に、気圧されたようである。

「やめておけ大犬丸！　お前の礫ではその男は、倒せん。わしがやる」

その声は、後ろでした。大犬丸が、

「兄《にい》」

獅子若は顧みる。

声の主は獅子若たちの後方をふさぐように立つ車借どもの中から現れた。

小柄な男だ。が、引き締まった体をしていて油断ならぬものを五臓六腑《ごぞうろっぷ》の内で飼っている男であった。遊女を二人、つれている。

なかなかの美男である。切れ長の双眸、長い髪は白い紐《ひも》で、後ろで一つにたばねていた。体の右半分が白い地に金糸で小犬、左半分が紅の地に銀糸で小犬を縫い込んだ、美服をまとっていた。

「小犬丸か？」

獅子若が、誰何《すいか》する。

「せや」

小犬丸が、立ち止る。

「三津浜で瓢簞図子《ひょうたんずし》の月心倒《いわ》した時、危なかったやろ？　獅子若。少し前にお前に話しかけた姉やん。石の鳥居の西側の、姉やん。あん女に見とれてお前の印地、乱れたん違う？」

「……あそこにいたのか？」

「せや、覆面してな。畿内とその近国の祭りにはほぼ出かけて、名立たる印地打ちの戦い方はみんな知っとる。わしの数少ない娯楽《たのしみ》の一つや」

「……よほど暇人なんだな小犬よ。てめえがその糞みてえな娯楽に耽《ふけ》っている時、俺は都まで重い荷をはこばなきゃならなかった。汗水垂らしてな」

小犬丸が、切れ長の双眸から——礫を放った気がする。心の中の礫を。

相手のその視線だけで獅子若の血や内臓は爆風に似た衝撃を感じた——。

腹と、鳩尾《みぞおち》と、首に、礫をくらった気になる。

(こいつ、強《つえ》え。とんでもなく……。これほどの印地打ちはなかなか……)

総毛が、びりびりと立っている。

「お前にも用意ゆうものが必要やろ獅子若」

「………」

「明日、酉《とり》の刻、伏見山《ふしみ》。お前とわしで、一対一。京童も呼ぶが、さしで勝負や」

「…………」

「はぐれ馬借になったんやろ？　獅子若」

後方に佇む男たちから聞いたのだろう。

「たしかに、京童にもやりすぎた処があった。姫夜叉ゆう娘や他の二人に手出しするつもりはない。わしが勝ったら、お前の命、そして九郎判官《くろうほうがん》が大昔にはぐれ馬借にあたえた過書をもらう」

「――――」

佐保が、息を呑む。

「お前が勝ったら、鳥羽から出て行ってええ。京童にも二度と手出し無用と、約束させる。どないや？」

小犬丸《こいぬまる》の申し出を断れる状況ではないだろう。心臓が、大きく鼓動していた。

佐保と十阿弥、姫夜叉を、見る。三人とも、面に不安を浮かべていた。

静かに、言った。

「大丈夫だ」

腹を決めた獅子若は、小犬丸にむき直る。

「――受けて立つ！」

昨夜一晩、桔梗は、悩んでいた。

椀に塗られた黒漆が憂いをやどした白い顔をうつしていた。店先で、椀を棚に置いた後、ぼんやり立ちつくしていた。

この店ではたらく以上、桔梗は斯様《かよう》な椀をつくる職人たちの工房を知っていた。椀木地師や塗師がどれほどの手間暇と技術をそそぎ込み、これらの椀をつくるかを知っている。

父は自分たち母子をすてて河内に去ったという。

ろくでもない男、という思いが、彼が死を間際につくったという品々を受け取ることを桔梗に拒ませた。

しかし今、桔梗は、老いた父がどういう思いで、それらの鋳物を自分のために焼いたのか、甑《こしき》で鉄や銅を溶かし熱と戦いながらつくり上げた、その行動の淵源《えんげん》が、無性に気になったのである。

背中で赤子が泣いた。

「おお、よしよし」

あやそうとすると、

「あの……」

少女が、傍らに立っていた。昨日ここにきた少女だ。

「貴女《あなた》は……」

「あたいは、姫夜叉。はぐれ馬借衆と……旅する者」

姫夜叉は文《ふみ》を差し出してきた。

「これは……」

「あんたのお父さんの、仏像を入れた箱から出てきた。読んでみて」

姫夜叉が、言った。

受け取るのをためらうと、

「……読んであげて」

桔梗は少女の手から文を受け取る。

「よかったぁ。それを読んで、もし、あの鋳物を受け取ってもいいという気持ちになったら、酉の刻に伏見山にきて。あたいら、その時分に、伏見山にいるからさ。ちゃんとつたえたからねっ」

「あ、ちょっとまち――」

言うが早いか、少女は踵《きびす》を返し走り去った――。

その時、

「小犬丸様と、はぐれ馬借・獅子若が、酉の刻、伏見山で印地をする！」

「獅子若ゆう男は東坂本の印地で大分ならしたつわものやっ。見物したい衆は弁当と見物料三文を持参せい」

車借二人が、大声で叫びながら、往来を駆けて行った。

「印地……伏見山……」

桔梗は茫然と呟く。

文を、開く。

読んでみた。

手紙には——初めて見る亡父の字が、つづられていた。


——桔梗の父、河内の楽阿弥は、鳥羽に出吹きにきた折に母と知り合い、恋に落ちた。母は小袖屋の娘だった。

当時、鳥羽に鋳物屋はなく、河内から出吹きをたのむか、河内からきた鋳物師から買うか、京の鋳物屋から商品を買うかしていた。都には——大昔に、河内鋳物師が、うつり住んでいた訳である。

可能性が転がっている気がした。つまり、鳥羽に鋳物屋を構え、一本立ちできるという可能性だ。

父は河内の土倉《どそう》から出資してもらい工房を構える。そんな時、桔梗は生れた。

しかし、暮しは苦しかった。都の鋳物師たち、という厚い壁を突き崩すにはいたらなかったからだ。借金だけがふくらみ、父は酒に溺れ、母に暴力を振るうようになった。そんな自分を恥じた父は、鳥羽を出奔。河内にもどり借金を返すため人にやとわれてはたらきはじめた。

後には、母と、おさない桔梗がのこされた。

父は死にもの狂いではたらき何とか借金を返し、鳥羽にもどるも――妻は別の人に嫁していた。桔梗に合せる顔もなく、遠くから竹馬で遊ぶ娘をうかがっただけで、声もかけず大保にもどっている。

そして河内で妻《めと》を娶り男子をもうけた。どうしても桔梗のことが気になり、出吹きの帰りに鳥羽に立ち寄り、山桃と地黄煎《じおうせん》という菓子を買って、溝《どぶ》で遊んでいる娘に近づいたことがある。娘は怪しんで受け取ろうとしなかったが無理矢理渡して立ち去った。

死期を悟るにいたり、娘は元気にしているかそればかり気になり、自分が焼いた鋳物などほしくないかもしれぬが、暮しに必要な道具、家内安全の意味を込めた薬師仏などを焼いた。どうか受け取ってほしい――。

読み終った時、桔梗は、父への憎しみが少し薄らいでいるのに気づいた。涙が、こぼれる。幼き日、溝浚《どぶさら》いをした後、友達と水遊びをしていると、見知らぬ男から果物と菓子を渡された覚えがある。

（あれが、お父ちゃん）

その日の光景が真っ白い閃光《せんこう》となって胸中で弾《はじ》ける。

「どうしてうちは、昨日あん人たちを……」

桔梗は深い溜息《ためいき》をついた。思わず見世棚に手を置くと、朱漆塗の盃が道に落ちた。

「どないしたん？　大丈夫か」

柿色の暖簾をわけて夫が出てきた。

「あんた……」

桔梗は手紙をもったまま、夫に抱きつき、さめざめと泣いた。夫はふるえる背中をやさしくさすった。


苔《こけ》むした松どもが佇み、林床に茂ったシダに梢《こずえ》から斜めに差した血色の夕日が当っている。シダの傍には、松葉が、大量に、散らばっていた。

伏見山――小さい山だ。

松林におおわれ都の貴顕が松茸《まつたけ》を採る山だった。

山頂には、松が伐採され広く開けた場所があった。

車借衆が、空閑地の四隅に、塔が如く高い、大松明《おおたいまつ》を立ててゆく。何本もの松明を円柱状に合せたもので強い火力を誇る。

戦いの舞台をかこむように既に群衆がいた。鳥羽の衆、さらに、獅子若に打擲された京童どももいる。腕に包帯を巻いたり、頬に青痣《あおあざ》をつくったり、杖《つえ》をついたり。顎をゆっくりとさする美濃吉の姿もある。

獅子若が鯨にまたがって現れた。

「獅子若……」

満身創痍《まんしんそうい》の京童たちから、憎しみを滾《たぎ》らせた眼光が獅子若にそそがれる。

一瞬、どよめいた群衆は——傷だらけの、馬の、凄《すさ》まじい筋骨が、夕日にさらされると、息を呑み、静黙した。それくらい圧倒的な迫力を鯨は漂わせていた。

佐保と十阿弥、姫夜叉はそれぞれ馬を引いて、山を登ってきた。

獅子若が下馬。佐保に鯨の引き手綱を、あずける。

獅子若はゆっくりと数歩、空き地の中央にむかって歩み寄る。

佐保に引かれ松林を背にして並び立つ両頭は獅子若を注視していた。黒く澄んだ瞳は、獅子若がどういう立場にあるのか、わかっているような賢さを漂わせていた。

佐保の不安げな視線を背中に感じながら、獅子若は、立ち止った。

と、車借衆が、足駄や草鞋《わらじ》を踏み鳴らし、吠える。咆哮《ほうこう》する。

——小犬丸が、現れた。

乗っているのは車借を象徴する動物、黒牛。それも覇王の風格を漂わせた牛である。

小犬丸が降り立つと、群衆の中にいた娘たちから、嬌声《きょうせい》が上がった。

獅子若が唾を吐く。

両者は、数間《けん》をへだてて対峙した。

小犬丸が、破顔する。

「逃げずにきた度胸だけは、ほめてやる」

「――ふ」

獅子若は暗い闘気で応えた。

行司が二人の中点から数歩はなれた所で止っている。

「もう少しはなれた方がいい。俺の礫は、そっちに行くかもしれねえ」

獅子若が警告し、行司は、数歩よろよろと後退した。

「昨日の取り決め通り、礫は三つまでとする。石ではなく、金礫。先に動けなくなった方が負け。命懸けの勝負ゆえ、小袖の下に腹巻などは無用。よろしいな？」

「ああ」

二人は、首を縦に、振った。衣の下は、素肌だ。

伏見山が睨《にら》み合う二人に何かを刺激されたか、風が、吹いた。強い風だ。

その風によって生じた小さな竜巻が二人のあわいをくるくると駆けすぎていった。

それが合図であったかのように、真冬の深山に似た静けさが空閑地を満たしている。

行司が、軍配を振り上げる。西日を映し、赤く、光る。

皆が息を呑んだ。

「――はじめ！」

振り下されると同時に、獅子若、小犬丸双方から、黒い礫が豪速で放たれた。

――――ッ！

火花が散る。

二つの礫はぶつかる運命《さだめ》であったかのように空中衝突し、地面に転がる。

その時には既に双方、二投目の金礫を構えていた。

獅子若の肩が吠える。投擲《とうてき》した――。

同刹那、小犬丸からも、黒い鋭気が、旋風となって、放射された。顔面にくると覚《さと》った獅子若が、身をかがめる。小犬丸も――さっと右方へ飛び退《の》いた。

冷えた殺気が獅子若の頭上を掠《かす》める。

ぎりぎりであった。

(糞《くそ》みてえに速《はえ》え礫だ)

一方、横跳びした小犬丸は、獅子若の金礫で小袖の脇を裂かれ、脇腹を血に染めている。

後ろで佐保や十阿弥、姫夜叉が面貌を強張《こわば》らせているのがつたわってくる。

出す、三礫《みっつ》めを。

ここまで二瞬ほどの出来事だ。

二人は荒く息をつき相手の出方をうかがう。

小犬丸が礫を放つのが見えた。

(頭にぶつけてくる)

と感じた獅子若は——伏せようとする。が、鯨が高く嘶《いなな》き、押しとどめた。

反射的に大地を蹴った獅子若は横へ、跳んだ。獅子若の草鞋を金礫がかすった。

(あいつ！)

何と小犬丸はさっきの一投を放っておらず、手を振り落とした処で上へひねり、放物線を描く一投——獅子若がその場にしゃがめば脳天を上から破砕する、魔の礫——を放ったのだった。

横跳びして狡猾《こうかつ》な一投をかわした獅子若。咆哮が内臓から湧き上り、喉で、燃焼した。

——豪速の礫が、掌《てのひら》から放たれた。

——低い。

小犬丸は、跳躍した。

しかし——。

獅子若の金礫は小犬丸を追うように低めからせり上がり胸を直撃した——。

「――ッ！」

胃液を吐きながら、小犬丸が吹っ飛ばされる。

松葉と、砂煙を散らしながら、小犬丸の体が、地に打ちつけられた。

「兄！」

大犬丸が瞠目して叫ぶ。群衆が、どよめく。

「躍り魚っ言《つ》んだよっ」

叫んだ獅子若は――力が抜けて、大地へ転がった。

佐保が目を閉じて祈る。姫夜叉、十阿弥が、面《おもて》を強張らせる。

腕に強い痛みを感じた。獅子若は立つ。小犬丸は――立てない。

（――勝ったか）

獅子若は倒れた小犬丸を睨みながら荒く息をついている。

相模の美濃吉が、

「小犬丸の仇《かたき》っ！」

暴れ出そうとするも、大犬丸が止めた。

「――やめい！　兄はそれをのぞんでおらん」

「……せや。美濃吉」

弱い声であった。小犬丸は、倒れたまま、

「……獅子若の勝ちや」

涙を流した佐保が、鯨と春風に頬ずりする。姫夜叉と十阿弥は抱き合って飛び跳ねた。

獅子若は小犬丸に歩み寄る。

「立てるか？」

「しばらくは無理や。……四半刻《しはんどき》ほどすれば、起き上がれる」

一瞬、苦痛で歪んだ小犬丸の唇に、完敗をみとめる笑みが浮かんだ。

「獅子若……お前、手加減したん違うか？」

仁王の如く屹立《きつりつ》する獅子若は唇を閉ざしていた。佐保たち、そして、大犬丸たちがあつまってくる。

「お前が本気出せば――わしは、死んどったはずや」

「いや、俺は……本気だった。誰も殺さねえことに――本気だった」

佐保の目を真っ直ぐ見つめて、答えた。

群衆の中から桔梗が歩み出た。

「はぐれ馬借の皆さん……うちが……間違ってました」

荒くれ者どもを前に初めはたどたどしく次第にはっきりした声で語る。

「皆さんが、鳥羽までとどけて下さった、父の鋳物。――うち、きっちり受け取ろう思います」

獅子若は心から嬉《うれ》しそうに、眼を細める。

「なら……早速とどけねえとな。行くぞ、みんな」

「まてい獅子若！」

小犬丸が――苦しげに起き上がる。

「そんなん、わしの牛にはこばせればよろし。お前は……わしに、勝ったのや。わしは、お前と酒を飲み、己の印地を深めねばならん」

「気にくわねえなあ」

「何でや？」

小犬丸は言った。

「印地を娯楽《あそび》ととらえている処が気にくわねえ」

獅子若は腕一本で己を守ってきた過去を思い出す。

「――俺にとって印地は、身を守る術だった」

「……ますます、お前の話を聞かねばあかん」

その夜は、伏見山で宴となった。

大松明に照らされて、勝った獅子若、負けた小犬丸、はぐれ馬借衆に、車借衆、鳥羽町衆と、小犬丸に説得された、渋い表情の京童たちの顔があった。

小犬丸が間に入り京童と獅子若たちも和解をした。佐保は固辞するも小犬丸は印地の見物賃を全て——はぐれ馬借衆にあたえた。

＊

翌々日——。

鳥羽で馬を静養させたはぐれ馬借衆は、淀川北岸を西にむかっている。

土佐に下る、旅である。

朝ぼらけの原で道の両側には半枯れのススキが茫々《ぼうぼう》に茂っていた。そこら中で、姿なき鳥のさえずりが聞こえた。

消えゆく星を土佐ひじきにまたがった姫夜叉があおぐ。

「あたい、決めた。はぐれ馬借に——入る」

「ふ。たいした戦力にはならねえな」

獅子若がまたがる鯨が、歩きながら糞を落とした。

「戦力？　何と戦うの……はぐれ馬借が」

「まあいろいろ、戦いはあるだろうよ。一昨日みてえにな。こっちが、望まなくてもな」

「だけど、あたい決めたんだ！　ねえ、いいでしょう？　佐保姉ちゃん、ねえ、いいでしょう？」

「――勿論《もちろん》よ」

春風にまたがった佐保は垂髪を搔き上げながら笑っている。

「一つおしえて、姫。……どうして急にそう思ったの？」

佐保に訊かれた姫夜叉の瞳は、まず獅子若、次に蛟竜とつながれた三日月に騎乗する十阿弥へ、泳ぐ。

雪の結晶を空にまいたような、朝の星を、もう一度、悲しそうな顔で見上げた姫夜叉は、

「……わからない」

「そう」

「ううん。何だろう……きっと……あんたらと、もう少し一緒にいたいと思ったから」

佐保にだけ聞こえるかすかな声で姫夜叉は呟いた。

義経の過書をもち旅する一行に、またあたらしい仲間が一人、くわわった。

引用文献とおもな参考文献

『閑吟集　宗安小歌集』　北川忠彦校注　新潮日本古典集成　新潮社
『日本の馬と牛』　市川健夫著　東京書籍
『図説　日本の馬と人の生活誌』　山森芳郎・有馬洋太郎・岡村純編著　原書房
『室町人の精神　日本の歴史12』　桜井英治著　講談社
『室町戦国の社会　商業・貨幣・交通』　永原慶二著　吉川弘文館
『中世寺院社会と民衆　衆徒と馬借・神人・河原者』　下坂守著　思文閣出版
『中世のみちと物流』　藤原良章・村井章介編　山川出版社
『はじめての乗馬　ベーシック入門』　千葉幹夫監修　高橋書店
『図説　馬の博物誌』　末崎真澄編　河出書房新社
『馬と人の江戸時代』　兼平賢治著　吉川弘文館
『歴史群像シリーズ㊲　応仁の乱　日野富子の専断と戦国への序曲』　学習研究社
『中世　村の歴史語り――湖国「共和国」の形成史』　蔵持重裕著　吉川弘文館

ほかにも多数の文献を参考にさせていただきました。

解　説

細谷正充

武内涼のファンにとって、今年（二〇一七年）は、忘れがたき年となることだろう。なぜなら作者のさらなる飛翔が、約束されたからだ。まずは、デビューから現在へと至る足跡を追いながら、その意味を説明しよう。

映画・テレビの制作に携わっていた作者は、やがて多人数の共同作業による映像ドラマでは、自分の創りたい物語を実現させるのは難しいと思うようになり、小説を志すようになった。そして二〇一〇年、第十七回日本ホラー小説大賞に投稿した『青と妖』が最終候補となる。残念ながら受賞は逸したものの、選考委員の貴志祐介《きしゆうすけ》の強い推輓《すいばん》を得て、翌一一年、タイトルを『忍びの森』と改題し、角川ホラー文庫から刊行された。物語の内容は、忍者VS妖怪。織田信長《おだのぶなが》の伊賀《いが》攻めを逃れて紀州《きしゅう》を目指す八人の忍者が、たどり着いた廃寺に巣食う五匹の妖怪と死闘を繰り広げるという、とんでもない時代エンターテインメントであった。以後、この路線をさらに進めた「戦都《せんと》の陰陽師《おんみょうじ》」シリーズや、羽柴秀吉《はしばひでよし》の暗殺を命じられた若き根来《ねごろ》忍者の活躍を描く『秀吉を討て』、少年忍者の成長を綴《つづ》った「忍《しの》び道《みち》」シリーズなど、快作を次々と上梓《じょうし》する。さらに二〇一四年から、人の心を苗床にしてこの世に芽吹く、常世の妖草を刈り取る技を持つ〝妖草師《ようそうし》〟庭《にわ》田重奈雄《たしげなお》を主人公にした「妖草師」シリーズを開始。各所で高い評価を受けたのである。

そんな作者が、今年、さらにステップアップした。まず、一月に新潮社より刊行した『駒姫《こまひめ》　三条河原《さんじょうがわら》異聞《いぶん》』だ。関白秀次《ひでつぐ》を切腹に追いやった謀反騒動に巻き込まれ、処刑されることになった最上義光《もがみよしみつ》の娘の駒姫と、侍女のおこちゃ。理不尽な運命の渦中で毅《き》然《ぜん》とした姿を見せるふたりと、彼女たちを助けようとする最上家の動きを活写した戦国物である。この作品で注目すべきは、作者が得意とする「忍者」や「アクション」を封印したこと。権力の横暴に立ち向かうという、武内作品の底流にあるテーマを貫きながら、従来とは違った手法で、堂々たる歴史小説に仕立てたのである。

さらに六月には、KADOKAWAから『暗殺者、野風《のかぜ》』を上梓。こちらは暗殺者の村で育てられた美少女の刺客・野風が、上杉謙信《うえすぎけんしん》の首を狙って、戦国の世を疾駆する、激しいアクションてんこ盛りの、作者らしい痛快な作品であった。

さて、こうしてふたつの作品を並べると分かるが、どちらも戦国の少女を主人公に据えながら、キャラクターも内容も対照的だ。もちろんそこに作者の意図がある。戦国乱世を、複合的に捉えようとしているのだ。個々の作品の面白さは当然として、このような物語世界の膨らませ方まで会得していたとは、驚くべき成長といっていい。

これだけでも充分なのだが、九月には、「妖草師」シリーズの第四弾『妖草師　無間《むげん》如来《にょらい》』を徳間文庫から刊行。新たなキャラクターをふたり投入（そのうちのひとりは、実在した本草《ほんぞう》学者・小野蘭山《おのらんざん》である）して、シリーズをさらに発展させている。シリーズの人気に胡坐《あぐら》をかかない、真摯な姿勢も、大いに注目したいのである。

いささか長くなってしまったが、以上のことから、今年が作者の飛翔の年であることを、納得していただけたと思う。だが、まだ武内涼は止まらない。集英社文庫から書き下ろしで、本書『はぐれ馬借《ばしゃく》』を刊行したのである。しかも主人公の設定や、物語の展開など、随所に新たな工夫が凝らされている。従来からのファンも、はじめて武内作品に接する読者も、共に新鮮な気持ちで読むことのできる、時代エンターテインメントになっているのだ。

室町六代将軍・足利義教《あしかがよしのり》の治世の頃。叡山《えいざん》の門前町である東坂本《ひがしさかもと》に、茶木大夫《ちゃきだゆう》の許《もと》で馬借をしている、獅子若《ししわか》という若者がいた。ちなみに馬借とは、馬を使った運送業者のことである。身の丈六尺強。筋骨で全身が膨れ上がり、体中に野蛮な傷があるが、面《おも》差《ざ》しはなかなか凛々《りり》しい。印地《いんじ》の達人であり、地元の祭りのときに行われる試合では、二年連続で優勝している。また、独自の正義感と、鬱屈した心の持ち主であり、今年は、貧しい娘を人商人《ひとあきびと》に売り飛ばした車借《しゃしゃく》の金剛丸《こんごうまる》を、試合中の事故に見せかけて殺した。さらに、試合を見物に来ていた、大名山徒《だいみょうさんと》・上林坊《じょうりんぼう》の娘の伽耶《かや》に声をかけられたことで、獅子若の運命は大きく動き出す。

自分たちに怯《おび》える〝春風《はるかぜ》〟という牝馬《ひんば》の面倒を見てほしいと、伽耶から頼まれた獅子若。春風と心を通わせると同時に、伽耶にも強く惹《ひ》かれていく。やがて相思相愛になった獅子若と伽耶だが、上林坊にバレてしまった。百叩《ひやくたた》きの刑を受け、叡山を追放された獅子若は、春風を連れて旅立つことになる。

と、普通に粗筋を書いてみたが、本書を読んだときは、ストーリーの展開に驚愕《きようがく》した。全体の三分の一の分量を持つこの部分が、プロローグに過ぎないとは思ってもみなかったからだ。そうではないか。主人公の馬借という設定や、印地という特技。そして叡山という舞台。長篇《ちようへん》となるだけの要素は、しっかり揃《そろ》っているのだ。

なかでも舞台となっている叡山の描写が興味深い。現世の権力とは無縁の寺社領。才覚さえあれば、どんな低い身分からでものし上がれる空間。それを「共和国」だという作者は、さらに商業の時代である室町時代には〝日本の首都、京都の――財界だった〟と、記しているのである。この歴史認識には興奮した。いままでにない、巨大な商業圏としての叡山が現れるのではないかと、ワクワクしてしまったのだ。

ところが作者は、あっさりと獅子若を叡山から追放した。いったいどうなるのかと思ったが、すぐさま新たなドラマが始まる。鯨《くじら》という牡馬《ぼば》を捜す、はぐれ馬借衆の娘の佐《さ》保《ほ》と、獅子若が出会うのだ。ある密書を届ける依頼を受けた、佐保たちはぐれ馬借衆は、狗神衆《いぬがみしゅう》という敵に襲われた。そして佐保の父親が殺され、父の乗っていた鯨が行方不明になっていたのだ。佐保たちと行動を共にし、鯨を取り戻した獅子若だが、いつしか狗神衆との戦いに巻き込まれていく。

はぐれ馬借衆とは、源義経《みなもとのよしつね》の過書《かしょ》により、関銭《せきせん》を払わずに諸国往来自由を認められた馬借のこと。あらためていうまでもなく、作者の創作だ。でも、そのバックボーンには、実在した無数の漂泊の民の姿がある。かつて一部の専門家を除いて、ほとんど存在の知られることのなかった漂泊の民による中世史は、歴史学者の網野善彦《あみのよしひこ》の著書によって、広く認知されるようになった。私も、『無縁・公界・楽　日本中世の自由と平和』などを読んで、興奮したものである。この網野善彦の研究に影響を受けたのが、『影武者徳川家康《とくがわいえやす》』『一夢庵《いちむあん》風流記』等の傑作で知られる、時代小説家の隆慶一郎《りゅうけいいちろう》だ。新たに拓《ひら》かれた中世史を物語に組み込んだ隆慶一郎は、壮大な時代伝奇小説を続々と発表したのである。

そうした作品の系譜に、本書も連なっている。はぐれ馬借衆だけではなく、狗神衆や密書の目的などにより、どんどん伝奇テイストが深まっていく。それにつれてアクションも過激になり、ページを繰る手がスピードアップ。人を殺さないという、はぐれ馬借衆の方針に戸惑いながら、狗神衆を相手にする獅子丸の奮闘が、たっぷりと楽しめるのだ。

さて、これ以上詳しく書くのは控えるが、はぐれ馬借衆と狗神衆の戦いを経て、物語はさらに別方向に流れていく。姫夜叉《ひめやしゃ》という若い娘を新たに加え、まったく違ったストーリーが展開されるのだ。話の面白さは変わらないし、ラストは獅子若と強敵の印地対決になり、大いに盛り上がる。しかしそれだけに、なぜ本書を三部構成にしたのか、首を捻《ひね》ることになった。作者の意図は、何辺《いずへ》にあるのだろうか。獅子若に焦点を合わせることで、疑問は氷解した。

その出自と、いままでの体験から、荒ぶる心を抱き、世相に対する怒りを感じていた獅子若。彼の戦いには、常に暗い愉悦と破壊衝動が付きまとう。力ある者たちに力無き者たちが踏みにじられる時代に反発する獅子若だが、

「てめえの身は、てめえで守れ。てめえが何かされたら、てめえで何とかしろ。強い者が、勝つ。お上《かみ》は俺たちにそう言いてんだろ?」

というように、彼自身も強者の論理を受け入れている部分があった。弱者を搾取する階級社会の様相を呈してきた、現代の日本と通じ合う思想といっていい。だが、こんな風に考えている獅子若は、人としての道を、踏み外しかけていたのではないか。そのまま行けば、どこかで人生を破滅させたのではないか。でも、彼は変わる。伽耶との出会

いと別れ。春風や鯨との、心の触れ合い。佐保を始めとする、はぐれ馬借衆との暮らし。はぐれ馬借衆という、漂泊の民の一員となったことで、獅子若は人の道を取り戻す。作者はそうした主人公の再生に説得力を持たせるために、幾つもの通過儀礼を設定した。ひとつ通過するごとに、環境が変わり、心も変わる。これを表現するために、三部構成になっているのだ。

と、理屈っぽいことを書いたが、本書は時代エンターテインメントだ。獅子若を中心とした魅力的な人物と、興趣に富んだストーリーを、一気呵成《いっきかせい》に堪能すればいい。武内涼が飛翔する、記念すべき年に生まれた、愛すべき作品として、ひとりでも多くの人に、読んでもらいたいのである。

（ほそや・まさみつ　文芸評論家）

集英社文庫

はぐれ馬借《ばしゃく》

2017年11月25日　第1刷　　定価はカバーに表示してあります。

著　者　武内《たけうち》　涼《りょう》

発行者　村田登志江

発行所　株式会社　集英社
東京都千代田区一ツ橋2-5-10　〒101-8050
電話　【編集部】03-3230-6095
【読者係】03-3230-6080
【販売部】03-3230-6393(書店専用)

印　刷　大日本印刷株式会社

製　本　大日本印刷株式会社

フォーマットデザイン　アリヤマデザインストア　　マークデザイン　居山浩二

ISBN978-4-08-745668-4 C0193